少女福尔摩斯 ①

冰裂纹花瓶杀人事件

皇帝陛下的玉米 著

上海社会科学院出版社

CONTENTS 目录

001 Chapter 01
010 Chapter 02

027 Chapter 03
050 Chapter 04

071 Chapter 05
088 Chapter 06

110　Chapter　07
139　Chapter　08

167　尾　声

一旦你排除了所有不可能的事实,那么剩下的,不管多么不可思议,那就是真相。

——夏洛克·福尔摩斯

CHAPTER 01

　　十六岁,以偶像团体一员的身份出道,秦慕斯怀揣着成为歌手的梦想,一边念书一边在各种能够展现自己的舞台上努力。其间受苦受累受委屈这些事情不多说,鲜花和掌声多少也收获了一些。虽然粉丝不多,但在公开场合以及社交平台上,那些粉丝都会不遗余力地为她应援。慕斯始终相信自己的坚持,她认为不管什么事情,付出了努力一定会有所回报。然而在十九岁那年,公司给了她一个惊喜——团体解散。

　　三年——确切地说接近四年——的时间,对一个女孩来说不算长,但也不可能一笑置之,更何况是青春年少的这段岁月。别人在这个年纪过着校园生活,念书、结交朋友、尝试新鲜事物、各处游乐，向着大人的世界一点一点探索。而慕斯在不断练习着歌舞和表演，奔波于各种商业活动，为了提高哪怕一丁点儿人气而废寝忘食。在别人无忧无虑的时候，她一直紧绷着神经，加上化妆的关系，让她不到二十岁的脸看起来有一种过早成熟的无可奈何。当然，不能粗暴地用"老成"这种词来带过，从她身上依然能感受到年轻女孩的青春活力以及一丝丝稚嫩。但在待人处世方面，她已经学会了大人的那套圆滑、冷静。这两种不同的特质在她身上同时体现，让外人眼中的慕斯有着一种令人琢磨不透的气质。

虽然团体解散了，但慕斯并没有放弃做艺人这条路。在其他成员各奔东西之后，她选择了留下，以独立艺人的身份在演艺圈继续活跃。多数时候还是做着偶像的工作，有机会她也会积极学习一些幕后的经验，各方面都尝试着去做，希望一点一点接近自己的梦想。

慕斯的梦想一直都很简单，就是希望印着自己形象的海报能够贴满街头巷尾，最好北至东三省，南到海口市，全国都知道"秦慕斯"这个名字，打开电视就是各种关于她的报道。用时下更为通俗的说法，就是"想红"。

皇天不负有心人，慕斯在结束上一份儿童手表广告的工作后沉寂了两个月，终于从A市电视台得到了一份户外综艺主持人的工作。

某位首富曾经说过："先定个小目标。"

闲暇时间读了不少成功学书籍的慕斯，眼下正在为"让全国百分之一的人认识自己"的目标而展开行动——首先要搬个家。

慕斯目前的收入只能维持在可以过日子、不生病就不用跟家里要生活费的地步，老早就想要找个花费不大，但也不至于委屈自己的住处。在电视台附近找一间合租公寓是她最优先的想法，这样来回的交通费能省下一笔，房租又能省下一笔，精打细算下来，能买品质更好的化妆品不说，应该还有些富余可以作为青黄不接时的储备……

当慕斯对公司的助理姐姐说出自己的想法时，正埋头在一堆报销单据里的助理姐姐像是中了彩票似的跳起来。她抓住慕斯的肩说:"慕斯,你今天应该去买张彩票!"

慕斯对凡事都一惊一乍的助理姐姐已经习以为常,但对她跳跃性的思维还是找不到应对方法,所以对那句话,她也只能用满脸问号作为回答。

助理姐姐也不管慕斯是否跟得上自己的语速,开口便一股脑儿把一堆信息抛给慕斯:"你真的超幸运的!刚才老板还跟人聊这事呢。他有个在A市的三姑,这位三姑有一个一同晨练打羽毛球的球友阿姨,球友阿姨的小外甥女是个归国华侨,听说长得很有气质,而且三十好几了还单身。"

"先等等!"慕斯勉强从助理姐姐的话里头提取出了关键要素,"我只是想找房子,可没说要人介绍对象啊,再说性别也不大合适。"

"你想哪儿去了?"助理姐姐拍了拍慕斯的脑门,把已经飞去另一个星系的重点粗暴地拽回两人的对话当中,"这位气质姐手里有套房子想要出租，但她不想租给那些来路不明的人，看在大家是亲戚的份儿上，房租好商量。不过条件有些苛刻，具体来说就是房子比较旧，而且气质姐本人脾气也有些古怪。"

"嗯？'亲戚的份儿上'这几个字也太想当然了……这都已经是八竿子打不着的关系了吧？"慕斯指出了助理姐姐话里头不合理的地方。

"抬杠是吧？"

"哪里敢哟——"

慕斯真不是什么爱抬杠的性格，她只是对别人的口误特别在乎，在乎到不纠正过来就没法把话题继续下去的地步。这大概也是她的认真个性使然。

但这些细节不重要。对慕斯来讲，房子新旧与否、房东性格如何都不成问题，她觉得哪怕是发生过谋杀案的房子，也比老鼠蟑螂在地板上横行的房子舒适一些。前者只是因为街头巷尾的传闻会让人有心理负担，后者可是实实在在能看得见的恐怖。所以只要离A市的电视台近，并且租金便宜，那便是皆大欢喜。

看慕斯没拒绝，助理姐姐便像迫不及待要把最后那点滞销商品打包送出的美妆店导购那样，热情又不失气度地催促慕斯做决定。

"我把老板在朋友圈发的东西转你，你好对房子也有个大概了解。要是看得上眼，我马上帮你联系。"

慕斯不想那么快就决定下来，但对助理姐姐的好意也不能视而不见，便只好回答："也不用立刻做决定吧？我想在网上多找找……"

"你闲工夫很多吗？"助理姐姐劈头盖脸的一句质问，让慕斯像是膝盖被射了一箭，"你不是马上就要去节目组报到吗？"

没来由地，慕斯想到了自己二十八九岁时，母亲会不会用同样的口吻对她为了事业毅然单身的行为进行"爱的说教"。

"我……我错了……"慕斯不知道为什么开始向助理姐姐道歉,并毕恭毕敬地接受了她的提议。在意助理姐姐的态度是一方面,另一方面,她在看过助理姐姐分享给她的房子照片之后,也生出了好感。

那房子的旧,不是能够用"破败"或者"年久失修"之类的贬义词去形容的。它有着上世纪英式大屋的年代感,木制家具、上蜡地板,还有发黄的墙纸,像是老电影里头的陈设。像一位学识丰富的老绅士的居所——壁炉里烧着火,茶几上摆着热茶,温顺的宠物在散落的书籍间闲庭信步,窗外投进来的金黄阳光把地板照得斑驳如梦境,温馨又舒适。

尽管慕斯对居住环境的要求是实用性大于美观度,但能在实用的基础上附加一些远离这个喧嚣时代的小资情调,那真是再好不过了。

于是在几个电话之后,慕斯这一次的搬家计划便顺利地展开了。虽然慕斯从来不相信星座这些玩意儿,但她还是觉得人生的"水逆"已经过去了,接下来会有一轮事业小爆发也说不定。

"是不是我之前转发的锦鲤显灵了呢？"慕斯带着些许天真的想法向助理姐姐再三道谢。

之后的事情便水到渠成了。

从过去居住的D市移动到A市大约有五个小时的车程，慕斯完全是带着郊游的心情过去的，助理姐姐也帮了不少忙。慕斯这次搬家身边就没有带太多东西，大件行李已经委托了搬家公司，自己只提着小行箱和一袋无法打包的小物件，坐公司的车一路波澜不惊地来到A市。

在距离目的地还有一段距离的公交车站，慕斯提出要下车自己走，因为还需要熟悉一下周围的环境。

告别了助理姐姐，慕斯轻轻松松走在乍暖还寒、春雨如烟的街道上。她看着两边的建筑和店铺，尽量去记忆便利店和银行的位置，因为这个新家可能要住上挺长一段时间。不过，对于慕斯来说，所谓搬家，无非是从一个自己住腻了的地方，去到一个别人住腻了的地方。

慕斯很高兴自己的生活有了新变化,也许今后还要面临更艰巨的挑战,但在这一刻,她完全转换了心情。像是和过去那个磕磕碰碰的自己道别一样,她带着义无反顾的决心,坚定地向前走去。

CHAPTER 02

"是这里了，贝壳街221号B栋……"

慕斯举着手机，看着便签所记下的地址，再一次确认门牌号。

她所站的地方，是一排沿街住宅的其中一间。这些住宅和地铁站附近那些带电梯的公寓高楼有着明显的区别，那就是看上去特别有故事——仿佛穿越了百年时空，覆盖在墙上的植物掩盖不住老房子所经历的雨雪风霜，青苔晕色的零砖片瓦都好像述说着老城区的徐徐变迁。

要不是亲眼所见，慕斯根本想象不到，占据了东部沿海地区许多重要枢纽的大都市里，居然还藏着这样的老街。她能够想象，这一片街道本是繁华和喧闹的地段，人声鼎沸，车水马龙。但现在，昔日的繁华恐怕只存在于古稀老人的口述和文史馆发黄的照片当中吧。

慕斯在按响门铃之前下意识地顿了顿，重新整理仪容，带着稍微有些局促的情绪深吸了一口气。接着，清脆的"叮咚"声响通过安在大门上的电子装置传到了建筑物内。

慕斯提着旅行箱在屋外的台阶上稍候片刻，便听到黑漆大门后面传来脚步声。接着大门打开，一个看起来十分美艳的女人出现在慕斯面前。这个女人像一只对陌生人时刻保持傲慢姿态的阿富汗猎犬，让人感觉不太好接近。她穿着打扮很时髦，妆容略显成熟，但保养得当，看不出年纪究竟是二字打头，还是越过了三字的门槛。自然，是否已婚也很难猜测。但稍微打量一眼，左手无名指没有佩戴戒指，便会顺理成章地认为她还是未婚吧。

这位女士应该就是助理姐姐口中的"气质姐"——这间房子

的主人了。

"你是……？"

"你好，我是预定今天要住进来的秦慕斯，之前打过电话的……"

"哦！欢迎欢迎！一直在等你呢，我是房东。叫我惠姐就好了。"

"惠姐。"慕斯礼貌地点头，随后被房东带进屋。

惠姐领着慕斯走进一楼的客厅，她让慕斯把行李箱放在进门的楼梯口，然后领着她到客厅的沙发上入座。

"咖啡？还是茶？"惠姐一边问慕斯，一边手脚麻利地在厨房烧起热水来。

"不用特地准备茶啦。"慕斯客气道，同时趁惠姐泡茶的这段时间打量起房子来。

从外面看的时候,这建筑只是给人一种古朴的感觉。但真正走进房子以后,不管是地上印度花纹的羊毛地毯,还是墙上的英式印花墙纸,甚至还有客厅里的壁炉和座钟,都显示着这间房子的主人是个品位独到的绅士。虽然慕斯之前看过照片,已经有了足够的心理准备,但真正走进房子的时候,她还是感受到了强烈的年代感。这绝不是照着时尚杂志上的介绍就能打造出来的家居环境,这房子的气质会让人感觉回到了一百多年前那总是阴着天起着雾的伦敦。

慕斯顿时喜欢上了自己今后要住的地方。

这条街并不是位于乡里小镇,退一百步都还在A市市区的范围内。这样风格独特又交通便利的房子,它的租金却十分便宜,便宜到让慕斯怀疑,这里是不是曾经发生过什么灭门惨案,最后怨灵阴魂不散,让每个住进去的人都不得善终。

当然,这么没礼貌的猜测,慕斯肯定不会让惠姐知道,然而她眼神里藏不住的疑问，还是让端着茶盘从厨房走出来的惠姐捕捉到了。

"我知道你在担心什么，放心吧，房租低不是因为这里发生过什么可怕的事情。我反正也不靠这个生活，租多租少还不是看心情。"

惠姐将茶盘摆在沙发前的茶几上，把一杯热腾腾的咖啡端给慕斯，随后自己也拿起杯子抿了一口。

"我说不用准备茶，所以才泡了咖啡吗？"慕斯捧着咖啡，心里头冒出这样的疑问。她对咖啡完全不懂，只是礼貌性地喝着。入口酸涩，但不难咽，味道和那种三合一的冲泡咖啡完全不一样，这种特别的香韵让室内的空气都变得舒畅起来。

慕斯渐渐放松下来，接着，她听到惠姐开口说："不过我也不瞒你，这房子确实死过一个人……是我老爸。"

没有当场把咖啡喷出口已经表明慕斯是经历过大场面的人，

但她还是像一个在球场边痴痴望着帅气学长打球的迷人身姿时，冷不丁被高速飞来的篮球砸中脑袋的学生妹一样僵在当场。该怎么回应才显得不唐突？表情该怎么做？等一下开口时语气是同情，还是该带点悲伤？无穷无尽的问题如同群鸟掠过天空般，密密麻麻地覆盖了慕斯的内心，她诚惶诚恐，找不到正确答案。

过了半晌，她才像放弃抵抗一般，说出一句经常会出现在影视剧里的台词："还请节哀顺便。"

"没事。"

惠姐的回答毫无波澜，平静得像是在讲述后院的草皮许久没有打理。慕斯便猜测她的父亲大概在很久以前就去世了。

她的猜想应该八九不离十，但是否是正确答案惠姐没有给予回应，因为惠姐已经和慕斯聊起了别的话题。

"我爸是个旅英学者，研究文学方面的东西。年纪大了身体就不太好，后来回国买了这房子养病。他走后给我留的唯一遗产就是这间房子。我没打算卖,但地方这么大,又觉得一个人住太静,要是能有两个品行端正的女孩子同住,也热闹些。所以租金两人分摊掉,水电费再意思一下。"

慕斯听后坐直了身子,拍拍胸口,信誓旦旦地说:"那我可以保证,我身体健康、五官端正、能歌善舞、无不良嗜好!"

"呵呵,你真可爱。"惠姐被慕斯的话逗笑了。

方才谈话时,慧姐见慕斯脸色不停变换,内心的动摇完全没有掩饰地在脸上交替上演,就觉得这女孩有趣得不得了,现在又对她不经意表现出来的幽默感倍感喜欢,加上她小巧玲珑的外形,就像只仓鼠一样惹人怜爱。尽管是初次见面,但这女孩已经给她留下了非常好的印象。

等慕斯把咖啡喝完,两个人也聊得差不多了,惠姐终于进入正题。她说:"该带你上二楼去看看房间了。"

慕斯跟着惠姐走上二楼。通向二楼的楼梯同样是英伦风格,扶手上有很精致的花纹，十七级台阶稍稍有点高。这对身形在同年龄女孩当中略显小巧的慕斯来说是个挑战。

"二楼原本是三个房间，我把中间的大房间改成了公共客厅。卧室左右各一间，右边的那间已经有人住了，你住左边那间。浴室和洗手间在走廊尽头，记得私人物品要分开放。楼下的客厅连着我的房间，如果有什么需要的话，楼上客厅放着呼叫铃，按铃叫我就可以了。哦，还有，我平时不做饭，早餐和下午茶我倒不介意和你一起分享，中餐和晚餐得你自己解决。每个月月初交房租，手头紧的话也可以商量。还有，不准带男人回来过夜。"

"等等……"慕斯打断房东的话，"你刚才说，其中一间已经有人了？"

说话的这会儿，两个人已经走上二楼，推开位于走廊正中间的门，就是房东说的那间"公共客厅"。

"有个女孩早两个月住进来的，我来介绍一下你的室友。"

不用惠姐指引，慕斯已经看到了窝在客厅花布沙发上，怀抱一桶水果糖，手上拿着一本厚过城墙砖的巨大书籍细细阅读的少女。她戴着有度数的眼镜，镜片掩盖不住她明亮的眼眸。干净服帖的短发顺从地盖住耳朵，为她精巧的五官增添了几分俏丽。她皮肤白得有些不健康，似乎很少去户外。明朗可爱的面容带着一点不擅长和人打交道的内敛，身上穿着的居家服毫不遮掩地散发着慵懒气息。她坐在那里，就像一只卷着尾巴打盹的猫那般安逸。

等到慕斯完全走进客厅，她才从书本后面露出眼睛，用没有半点怯生的眼神，像是打量一尊博物馆陈列品一样打量着慕斯。

这直视的目光让慕斯有些不自在，她感觉自己像是被塞进CT机里里外外扫了一遍。她担心这种不礼貌的扫视会影响今后两个人的相处。她在工作时，偶尔也会遇到一些观念不太对盘的同行，对那样的人尽量回避就是。她工作的圈子说小确实小，热门资源就那些，想要出头的人都会去争取。但说大也确实大，有些人见过一次后，下次遇上可能就是许多年以后了。但同样的情形要是换成自己的室友，那就真的够呛了。抬头不见低头见的人，要是八字不合，今后可没法安安心心地过日子。

趁着慕斯和人家用眼神相互"试探"的当下，惠姐适时地开口了，这多少让气氛变得不那么紧张。

"她叫夏落，是个蛮特别的孩子。"惠姐向慕斯介绍道，她在"特别"这个词上加了重音，只不过注意力完全放在新室友身上的慕斯没有听出来。

叫夏落的女孩放下糖果和书站起来，像发现了新奇事物的探险家，兴致勃勃地走到慕斯面前，目光再一次把她从头到尾扫了一遍，然后才伸出手来做出友好的握手姿势，说："你好，我是夏落。"

慕斯稍微一愣神，已经处于被动，她赶紧伸手握住，从对方掌心传来的温热让她稍微放下警惕。

"我叫秦慕斯。"

"你提着行李箱从公交车站一路走过来,有没有看到那家卖松饼的糕点店?他们家的松饼非常好吃哦。你是个艺人,会经常上电视吗?"

夏落的话让慕斯不明所以。虽说她只是在十八线上挣扎的艺人,但这些年好歹也攒下了零星半点知名度,会被人认出来也不是完全不可能。不过夏落对自己的情况怎么知道得那么清楚?不会是一直跟踪自己的那种"变态粉丝"吧?

"我不是什么变态粉丝,我也没有跟踪你,所有的答案都在你身上。"

这回答害慕斯吓了一跳——难不成她还会读心?

"人的表情会把心里想的事情显露在脸上,这一点只要仔细观察并不难推测。反倒是你,一个做艺人的难道不会掩藏自己的真实想法吗?"夏落露出一副"你好单纯"的表情说道。

"你到底是什么人?对啦,这里一定有藏起来的摄像机吧？"

慕斯心想这不会是电视台策划已久的什么整人节目吧？只不过从自己想法出现到搬家一路录制过来，未免也太大手笔了，简直就是《楚门的世界》的翻版。在慕斯的演艺生涯当中，毫无征兆就被拖入这种黑心策划的陷阱已经不是一次两次了。每一次结束后，公司的人都会过来安慰说保证不会有下一次，但下一次之后还有下下一次。

所以目前这情况说不定就是"下下下次"的整人吧？

"这里没有摄像机。不过你要找也可以，只是别把我东西弄乱，尤其是放在窗边书桌上的那些实验器材。"

慕斯环顾整个房间，四十多平方米的客厅谈不上多整洁，沙发上、茶几上、柜子上、书桌上摆放着各种各样的书籍，此外就是说不出来干什么用的小物件，在夏落提到的窗边书桌上的实验器材中间甚至摆着一整桶棒棒糖。哪怕慕斯真想弄乱这房间，也觉得心有余而力不足。

这人是干什么的？

当慕斯带着这样的疑问把视线重新聚焦在夏落身上时，夏落用满是自信和认真的语气郑重强调道："我是个侦探。"

"自称侦探……这果然是整人节目吧？"

"其实叫侦讯顾问也可以，不过比起找猫找狗找婚外情，我更喜欢诡异的案件。"

"先等等……"

"打断别人说话是不礼貌的。"

"你先告诉我，你是怎么知道我的事的？"

夏落看慕斯的表情就好像在看一个难以沟通的外星人一样，不过她并没有表示不满，而是好像对被人质问这种问题习以为常，对着慕斯打开话匣子：

"外头正下着毛毛雨,刮东南风,你的外套上沾着水,而且身前比身后更湿一些,说明你是迎着风步行过来的,但并没有步行多少距离,不然湿的面积就不止这么点了。公交车站刚好在西北方向一百米的地方。车站前面是我说到的那家松饼店,这两天门面在装修,你袜子上沾了木屑。

"既然是搬家,就不可能不带行李,大件的东西可以委托搬家公司,但是不方便打包的东西一定会自己随身携带。可你上来的时候两手空空,一定是把行李放在楼下客厅里了。这房子的楼梯比普通房子的楼梯要高一些,你这么小的个子,带个行李箱爬上二楼很困难。你淋湿的部位主要集中在身前,但是左手臂外侧比右手臂外侧湿得更厉害些,同样也证明你是左手挎包右手拖着行李箱走过来的。

"关于你的职业,这个很有意思。听你口音是D市人,但你明显学习过标准发音。你的两耳下方有口罩的勒痕,现在不是花粉传播的季节,你也没有感冒,经常带着口罩不是很奇怪吗?除非是为了保护嗓子。我能从你的口气中闻到润喉糖的味道,这种新上市的蜜桃味润喉糖最近很受女孩子的欢迎。一个经过语言训练并且需要保护嗓子的人,可能是歌手,也可能是主播。

"你上楼的时候踩楼梯的力道要比惠姐重很多,但就你的体形来看,体重显然比她要轻。这表明你的双腿锻炼过,可能是体育运动,也可能是跳舞。如果是运动员,你的肌肉量太少了。所以我推测是后者,这一点从你的站姿也能看出来。

"而且你有晒黑的痕迹,虽然只有一点点,但露出袖子的皮肤和你的脖子颜色有色差,这说明你在外面跑的时间比待在室内要多。你现在还保持着工作妆,就是说你随时待命,准备去工作。你右手食指的指腹和拇指的侧腹都有轻微的生茧,是因为要经常握着东西,比如话筒。

"会唱歌、会跳舞、会主持,还要经常随时准备往外跑,除了艺人,还真没哪个职业需要这么全能。还有,你既然是坐公交车来,又选了租金这么便宜的房子,这证明你平时的收入并不乐观,最多能维持生活。但这里离闹市区有相当的路程,如果你要赶节目,从这里打车会花更多的钱,这和你租便宜房子的做法相矛盾。也就是说,你搬来这里的主要目的是为了工作便利。附近唯一和艺人有关的单位,就是距离这里两条街的A市电视台。啊,不对——"

夏落好像遗漏了什么,凑近慕斯的脸轻轻嗅她身上的味道。

"廉价的车用芳香剂啊……"夏落抽抽鼻子,一副"这品位真不怎么样"的表情,"我更正,你不是坐公交车来的,你只是搭车到附近,然后在公交车站下车。这么做是想要在附近转转熟悉环境吗?你会在这长住真是太好了。"

慕斯后来才知道,夏落对于自己会长住这件事感到高兴,单纯只是因为终于有听众听她讲那些无法理解的奇思妙想。

夏落一口气说了这么多,慕斯并没有听懂多少,但是她现在完全可以肯定一件事情——自己在这个新室友面前几乎跟没穿衣服一样。

小说里的那种侦探,原来真的存在?

不对,还是整人节目的可能性更大一些。

夏落脸不红气不喘就分析出几乎全部的事实,可比这个更加让慕斯难以接受的是,对方仅仅是看了她两眼,握了一下手而已。这种近似看透事物本质的能力让慕斯感到恐惧,并不是害怕夏落本身,而是对她这种能力的抵触——谁都不愿意自己的秘密完全摆在客厅地毯上被人一项一项翻出来。

"她刚来的时候我也吃了不少苦头哦,"房东的这句话勉强算是打圆场,"不过慢慢你就适应了。记得要好好相处啊。"

房东在"好好相处"这四个字上面又加了重音,这一次慕斯听出来了。这算是一种友善的提醒,亦或是小小的鼓励。可是慕斯发现,当她真正决定要和这个室友好好相处的时候,已经是在她经历了血腥恐怖又骇人听闻的案件之后……

CHAPTER 03

搬家，收拾房间，努力熟悉新环境，访问新邻居……慕斯在之前四十七次搬家当中已经把这一套程序做得轻车熟路。如果哪家出版社需要出版一套《完美搬家指南》的话，慕斯甚至会毫不犹豫地申请主笔，因为她对D市周边各个城市的房屋价格、交通状况和搬家公司服务水平的了解，已经达到了专家级别。

不过，这一次她算漏了自己的新室友。在遇上夏落之前，她压根不相信小说里像福尔摩斯那样的人竟然真的存在。

从第一次见面被扒了个精光之后，慕斯进出时都会有意无意地躲着夏落，生怕再被她看出点什么来。

慕斯搬来的第二天早上，房东惠姐办了一次早餐欢迎会。桌上摆着丰盛的英式早餐——培根、香肠、鸡蛋、吐司、番茄、蘑菇、土豆泥、煮豆子以及叫作黑布丁的东西，盛了满满一盘子，此外还有小饼和热茶。后来慕斯才知道黑布丁根本不是布丁，而是用猪血做的香肠。

"惠姐……好厉害……"

慕斯刚刚晨跑回来就看到餐桌上那一盘亮闪闪的"胆固醇炸弹"，有点不知所措。身为艺人，她对自己的体重管理十分严格，但又不能拂了房东的面子。

惠姐热情地招呼慕斯，说："快趁热吃吧，算是你入住第一天的见面礼。"

慕斯在"委婉拒绝"和"圆滑逃避"之间稍稍抉择了一下，最终决定采用以进为退的策略："哪里哪里，惠姐真的太客气了，我都不知道该怎么谢你……"

"都吃掉就是最好的感谢了呀。"惠姐斩钉截铁地断了慕斯的后路。

当慕斯洗漱完毕,硬着头皮在餐桌边落座时,夏落才打着哈欠从楼上走下来。她穿着棉睡衣和绒毛拖鞋,头发像是被台风打了似的乱七八糟。

"夏小姐都是这个时候起来的吗?"慕斯礼貌地打开话题,然后假装埋头在自己的盘子里,不敢看对方。

"叫我夏落就行了。"

"呃,夏……落……"慕斯试着转变称呼,不过还没和室友亲近就直接叫对方名字,总觉得不顺口。

"我叫你慕斯也可以的吧?"

"可以吧……"

"慕斯。"

"嗯?"

"你早上去公园了。"

不是询问的语气,而是直截了当的陈述句式。

"你看到我了?"

夏落一推鼻梁上的眼镜,淡然地说道:"你穿着运动服和跑步鞋坐在这里,脸上还带着潮红,这点很容易推测你是晨跑回来。洗脸的时候没注意到自己肩头黏着叶子吗?这是榛树叶,只有附近的公园里才种这种树。"

"果然又是这样……"慕斯翻翻白眼,那意思是自己已经彻底拜服。

"时间长了你会习惯的。"惠姐在一旁笑嘻嘻地说,语气里没有半点安慰的意图，反倒是看好戏的意味更多几分。慕斯十分怀疑惠姐这个人对目前的生活是不是有什么强烈的不满，以至于把"幸灾乐祸"四个字写到了脸上。

对于惠姐的话，慕斯只能摇摇头苦笑，并在心里头默默念着："我不想习惯……"

"你别看夏落现在这个样子，实际上是个挺不错的孩子哦。"惠姐补充道，"想要和她搞好关系，就给她买些好吃的，保准没错。"

惠姐毫不避讳在场的夏落，开门见山地传授慕斯获得室友好感的诀窍。后者则是一副事不关己的态度，气定神闲地喝着早茶。

"我吃好了。"夏落坐下没十分钟又从座位上站起来。

"夏落你今天就吃这么点儿？平常早饭不是都吃很多的吗？"惠姐不解地问。

夏落往楼上走去的同时做出了如下发言："委托人马上就要到了,只好先吃到这儿啦。从健康角度考虑,早饭吃个七八分饱也就够了。"

"你还真的在做这种工作啊……嗯？先等一下！"慕斯慌张地看着夏落款款上楼,眼神里有种复杂的情绪飘忽不定。因为比起"有委托人上门"这件事本身,让慕斯更加震惊的显然是夏落在之后说的那句话。

满桌子食物被消灭了一半,慕斯看得暗自流汗——七八分饱？不管从哪个角度来看,夏落的食欲,又或者她对吃饭的态度,都是异常的。而且仔细观察的话也不难发现,夏落的体形可以说是纤瘦那种类型,但该长肉的部位似乎也不吝啬,总之是大多数女孩羡慕的好身材。虽然慕斯不想承认,但夏落似乎就是那种传说中的天选之人——吃再多都不胖体质。这就让慕斯更加难以接受了。她看着自己盘子里油汪汪的煎培根,罪恶感油然而生,仿佛这就是造成她喝水都会胖的体质的罪魁祸首。

自己凭什么心安理得地把这些东西装进胃袋,再变成腰上赘肉？

想到这里，慕斯立即放下刀叉，抹抹嘴巴站起来说："我也吃饱了，谢谢惠姐款待！"

惠姐微笑着看着慕斯，热情地挽留她："难得我有心情起来做早饭，你就多吃一点嘛。"

慕斯连忙拒绝："不，我是真的吃饱了。"

像是从来没有在脸上出现过一般，惠姐瞬间收起了文雅的笑容，取而代之的是一种叫人深感不安的凌厉表情："不吃完的话加房租哦。"

世人总是被三个字牢牢束缚住，既逃不掉，又放不下，那就是情、名还有利。逃掉的人一无所有，放下的人看破红尘。显然，慕斯永远到不了这个境界。她虽然没有夏落那样一眼看穿真相的本领，但她从惠姐这表情里也能看出她没有跟自己开玩笑。是乖乖就范还是负隅顽抗，显然很容易选择。惠姐像一朵鲜艳的玫瑰花，美丽的外表下藏着危险的刺，慕斯怕了，只好坐回去，叉起切成小片的培根继续往嘴巴里塞，伴着眼泪和屈辱一并咽下肚。

不管是室友还是房东，都是很难相处的人——意识到这一点，慕斯开始为自己的未来深深担忧起来。

老实说，慕斯对夏落到底是怎么工作的十分在意。

她和夏落才刚认识，两人之间的交流很有限，自然聊不到工作的事情上，更何况慕斯在夏落张口就"扒皮"习惯的摧残下，已经完全失去和她聊天的勇气。但这无法阻止慕斯对夏落工作状态的好奇。曾经只有影视剧和小说里能看到的情形即将发生在自己身边，这种新鲜的体验换作是谁都会表现出一探究竟的兴致。更别提慕斯这会儿又闲着，人一旦放松下来，内心那些想象力就会变成非洲大草原上肆无忌惮的鬣狗，开始纵横驰骋。

慕斯想象夏落和委托人面对面坐在拉上了窗帘的二楼客厅，

夏落后背深深陷进单人沙发里，手肘煞有其事地支在沙发扶手上，五指并拢，两手相抵，顶住下巴，像进行着某种神秘的宗教仪式一般聆听委托人的描述，听到关键点时，两眼圆睁，放出慑人光芒，然后以一副大局在握的表情对委托人说："你的问题很棘手，但我可以帮你。"

尽管脑中这番情景和慕斯第一次见夏落时相比实在是天差地别，但这阻止不了慕斯的一厢情愿，她觉得夏落应该这么做，否则就是和全世界把"侦探"这个职业当作终生奋斗的事业的人唱反调。

不得不说，慕斯这样想是有些一厢情愿。不过，这也难怪她，慕斯从小到大的经历让她对演艺圈种种不为人知的艰难习以为常，但跳出这个圈子，她单纯得和刚走出校门的女大学生没差别。

她对夏落的好奇心很纯粹，仅仅是出于对自己不了解的事物的一种探究心理。可她同时也担心，这种念头被夏落看穿后，夏落会怎么对待她？会觉得自己在冒犯她，还是会认为她的魅力在正常发挥？无论哪种都让慕斯觉得尴尬。她也想过，要是夏落从事的是金融行业，那自己哪怕不知道"巴菲特"三个字怎么写，也丝毫不影响她和夏落谈论市场、金钱之类的话题——在夏落嘴里冒出理解不了的投资观念的时候，做个微笑的聆听者就好。

在夏落的委托人上门之前，慕斯出门去了趟便利店，回来时袋子里装了几样无关紧要的物件。她想要借助"刚从外头回来路过客厅"的不经意，来一探夏落工作的样子。这样会显得不那么突兀吧？

不过，当慕斯略微有些急切地走进大门，脚刚踏上第一级阶梯时，楼上便传来一个骂骂咧咧的男声："什么玩意儿！浪费时间！"

接着又有个女声搭腔道：

"行了吧，我也是看了朋友圈才知道这么号人的，谁知道会是个骗子啊。"

"朋友圈的东西你都信,脑子被门挤了吧?"

"哎你……"

随着慕斯抬头往楼上看,那女声戛然而止。三个人视线交会,迎来了短暂的沉默。

二楼靠近楼梯的位置站着一男一女,男的四十岁左右,穿着打扮有点派头。而旁边的女人气质容貌都不俗,服饰也相当高级。以慕斯的经验来看,这男人多半也是在演艺圈里混的人,进一步猜测可能是导演或者制作人之类,因为他看慕斯的第一眼不是以男人品评女人美貌的角度来看,而更像是在分析她的综合素质。如果换个场合,慕斯会很乐意和这样的人攀谈几句,混个脸熟。但看现在这情势,空气里流淌着不安的氛围,慕斯觉得自己还是扮演一名路人的角色比较合适。她很容易就猜到,一定是夏落古怪的行为点了火药桶,把这两位所谓的"委托人"气得跳脚。

那男的还想继续说下去,被身边的女人阻止了,她兴许是觉得在这地方大声嚷嚷不是什么光彩的行为。那对男女从慕斯身上收回视线,快步从慕斯身边经过,之后便匆匆离开。门关上之后,外头又重新响起争执的声音,含糊不清的字句透过老旧的窗玻璃断断续续传入慕斯的耳朵,不过那一切已经和慕斯无关了。

走进二楼客厅,慕斯看到夏落正松松垮垮地窝在沙发上摆弄手机,和自己第一次来到这里时看到的那个慵懒得如同猫咪一般的形象一致。只是这会儿夏落穿得整整齐齐,眼镜也摘了,看起来像个干练的理财经理。

"你戴隐形眼镜了?"

"嗯。"

"刚才那两个人好像很生气。"慕斯把便利店的袋子放在夏落面前的茶几上,想到了惠姐早上对她支的招,关于如何讨好怪人室友。思索了一阵以后,她从袋子里拿出一盒酸奶递给夏落。

"吃吗？"

"太棒啦！"

简直就像在猫的鼻子底下打开一盒猫粮罐头，夏落敏捷地从沙发上一跃而起，两眼放光，接过慕斯递过来的酸奶。她毫不犹豫地撕开上面的盖子，并且毫不顾及形象地舔起了盖子。

慕斯听过一句话——懂得吃的人都是从舔酸奶的盖子开始的。她觉得惠姐也许说得没错，夏落并没有自己想的那么难相处。

等等——慕斯突然又想到，夏落连句"谢谢"都没说，理所当然地接受了自己的馈赠。她这是把自己当成好姐妹好闺密了还是怎么着？自来熟也得有个限度吧？

"你人不错。"

吃着免费的酸奶，夏落冷不丁地夸了慕斯一句。

"本来还担心你要是性格古怪或者有怪癖怎么办,现在放心啦。"

"理解万岁,你能这么想我也放心不少。"

慕斯嘴角微微抽动。出于素质,她对夏落的夸奖表示了感谢。但心里有个理性的声音不断在敲打——不能因为一盒酸奶就断定我没有怪癖吧?作为侦探,难道连起码的逻辑都不讲吗?不!我当然没有怪癖,我可是表里如一业务能力极强的艺人。

不过慕斯这个表情没有维持多久,夏落便笑嘻嘻地补充道:

"你一定觉得我因为一盒酸奶的收买就放弃了逻辑,无脑地断定你是个好人吧?"

"你怎么……"

慕斯脸色大变,变成了一副"大意了"的懊恼表情,继而用戒备的眼神瞥向夏落。

"只是一点小小的推理。你那个便利店的袋子来自公园往西二十米的那家便利店,附近没第二家了。如果你真打算要买东西,早上晨跑回来就能顺手带,为什么要特地再出门一趟呢?你其实挺好奇我是怎么工作的,对吧?于是计划买东西回来经过客厅的时候顺便看一眼。"

"好了,打住吧……"

慕斯在夏落的语言攻势下有点无地自容,她把头埋进沙发靠垫,像只受惊的鸵鸟。她经历过很多尴尬的时刻:参加商演台下没半点应援的声音;做电台节目的嘉宾时,听众互动环节打进来的电话都是和同行的另一位艺人在聊天;因为是山寨产品,所以接了广告也不好意思到处宣传;好不容易能在热门电影里演个有三句半台词的路人角色,结果在片场被主角的助理撞落水,被人指责"搏出位"……但以上经历都不如现在她在夏落面前遭遇的难堪更打击人。在慕斯看来,夏落这种为了标榜自己聪明而把她"扒皮"的爱好和羞辱无异。

夏落适时停止了她的推理秀,房间里安静下来,如果阳光是活物的话，慕斯一定能听到它们从窗户外钻进来，并且在地毯上小心翼翼挪动的声响。

感觉到夏落还坐在原先的位置，只是不再说话，慕斯也觉得异常，她微微侧过脸，用靠垫遮住自己难为情的样子，眯起一只眼睛打量夏落。

夏落舔干净酸奶勺上最后一点残留，然后把干干净净的酸奶盒放在茶几上，对慕斯说："真的很好吃。"

"不用客气……"

"这种牌子的酸奶摆在那家便利店冷柜最左边的角落，有点小贵。你特地买了一盒给我，就说明你有用心想过怎么和我相处的问题。我讲话比较直，不太考虑别人的感受，谢谢你能包容我。"

我也没有要包容你的意思啦——慕斯这么想着。随后她又否定了自己的想法，要是没有包容心，自己应该就和刚才那两位一样直接甩脸走人了吧。顺着这个思路，慕斯多少对自己和夏落的关系有了点信心。

人和人的相处过程是个奇妙的因果循环，重复着撕裂又修复，最后达成和谐。然而有些人执拗地追逐某个结果，到最后会一筹莫展。或者放逐自己，或者破罐子破摔，只为说服内心错的不是自己罢了。正是这种内心的执着和习气让现代人变得像刺猬一样，为了保护自己，拼命地刺伤别人。慕斯庆幸自己没有走到这一步，她试着去理解夏落，同时也试着向夏落敞开自己。当两只刺猬不再背对着背，而是用柔软的胸腹紧贴对方的时候，得到的，便是它们想要的安宁吧。

一杯酸奶算不上多贵重的礼物，但确实拉近了两个人的距离。之后，夏落也拿出自己收集在罐子里的糖果给慕斯，这让慕斯察觉到夏落孩子气的一面。

喜欢整罐整罐吃糖的人，大概也不会是什么坏人吧。

"夏落，刚才那两个人为什么气呼呼地甩门走了？"

慕斯坐到夏落对面的单人沙发上，据夏落说，那是委托人专用座位。慕斯有点跃跃欲试，当一回委托人似乎感觉也不错，可以将心里的各种疑难问题丢向面前这个自认为有着聪明绝顶大脑的人。

"因为我拒绝了他们的委托啊。"

夏落冷不丁地回答，这答案出乎慕斯的意料。原本慕斯以为是夏落习惯性揭人老底的发言导致两位委托人火冒三丈，却没想到事情并不像她想得那么简单。

"拒绝委托？这不是你的工作吗？"

"我都已经不挑食了，还不让挑工作吗？"

"呃……这……逻辑上讲不通吧？"

于是，慕斯对夏落的我行我素又有了新的认识，她甚至在赚钱这件事上都可以按照自己的喜好来选择。慕斯的工作显然没有这样的主动权,能有工作就不错了,不管是拍化肥广告,还是搭有人气的前辈的顺风车去电台节目上露一下嗓子。也正因如此,她对接下来这份主持人的工作格外珍惜。

一定要做出成绩来——慕斯每天早上睁开眼睛第一件事就是这样鼓励自己,然后不间断地推敲琢磨,怎么能让自己在镜头前变得有趣。

而夏落——慕斯的思绪又回到夏落身上——这个女孩似乎并不把侦探工作当成是一种谋生手段,她是抱着好玩的心态在进行吗?还是她有着更加高远的目标?

夏落见慕斯陷入思考的旋涡,觉得如果不对人家澄清,可能会让这个时刻处在胡思乱想边缘的家伙烧坏脑子。于是,她像是去自己熟悉的餐厅告知门口接待的服务员用餐人数有两位那般,轻松随意地对慕斯伸出两根手指,宣告道:

"我有两种案子不接。第一种是找丢失的宠物,第二种是调查婚外情。那两个人委托我找他们走失的狗,我拒绝了。"

慕斯于是产生了新的疑问："听说私家侦探平日做这两种工作比较多，是这样吗？"

夏落双手一摊，理所当然地回答："所以啊，我才尽量给我的同行饭吃。"

"究竟是哪来的自信……不，这明明是自负了吧……"慕斯喃喃道。

她不确定这种有点像拆台的言语是否落进夏落的耳朵，但她很确定，夏落没有跟她开玩笑。夏落似乎不太喜欢开玩笑，语气总是一本正经，其中透着些许自我意识过剩，这让慕斯顺理成章地联想到夏落目前的状态：肯定单身了二十多年，并且连朋友都没几个。

两人沉默了一会儿，慕斯再度发问："能说说是为什么吗？"

夏落对这问题本身没表现出多大的兴趣，但她对慕斯问这个问题的动机很在意。她觉得慕斯特别像一个"三好学生",没事就爱拿些不容易讨论出结果的钻牛角尖的问题为难老师。不过夏落倒是不觉得为难,只是她认为,那个理由并不会被慕斯所理解。

"我说过,有些同行专门接这类案子,他们靠这个吃饭。我既不好抢他们的生意,也不想让这些事情分散我的精力。我更愿意专注于一些特别的案子以及让人束手无策的事件,最好能够避免即将发生的悲剧,而不是告诉一位和情人同床异梦的小姐,她的宝贝小博美是被身边那位男士弄丢的。"

"这样啊。"慕斯似懂非懂地点了点头,她还无法完全理解夏落的理念,但至少她明白了夏落所追求的东西,在她看来应该可以归纳为"打击犯罪,伸张正义"这样的心愿。不过在此之前,有件事情更值得慕斯关注。

"你刚才说狗怎么了?哎?你已经知道狗怎么丢的了?"

夏落勾起一个颇为职业的微笑,说:"那个女人把手机里存的狗的照片拿给我看,出于职业习惯,我翻了翻相册里的其他东西,结合他们两个来时开的车,还有那个男人穿的鞋子……"

"先等等——"慕斯看了一眼钟,然后打断了夏落刚刚起头的长篇大论,"我知道你料事如神,那些分析我以后有空了可以听,但这个时间我真的得去吃点东西,不然会低血糖。"

"我这里有很多糖,你不用客气的。"夏落大方地把自己的糖果桶打开,像是罗马皇帝炫耀自己的财富一般,向慕斯展示里面各种各样的糖果。

"那个不能当饭吃啊。"

慕斯不得不怀疑,以夏落这种工作习惯,赚不到钱的时候她是不是真的就拿糖当饭吃……

"我没有你想得那么穷,一个大主顾的委托费够我吃上半年的。加上我在侦探界小有名气,收入还不错。"

慕斯听了一愣，随即气恼起来，她说："不要再对我玩'读心'的把戏啦！"

夏落撇了撇嘴，丢一颗糖进嘴里，理直气壮地反驳："明明是你自己把想法全写在了脸上。"

CHAPTER 04

慕斯在搬完家一周后就开始进节目组工作了。进入工作状态后,她的风姿和妆容像换了一个人似的。"工作时全力以赴"是慕斯的座右铭,她坚信努力能够换来回报,所以哪怕是在细微的地方,只要和工作有关,她都不会疏忽。无可挑剔的礼仪、懂得变通和见机行事以及优秀的业务能力造就了今天的她。

唯一的遗憾是缺少一炮而红的机遇。

也许娱乐圈对女人就是这般残酷,年龄和来自同性的恶意永远都是她们最大的敌人。慕斯在她的成名道路上可谓强敌林立,但只要她想做，总能做到最好，好到让她的竞争对手也无话可说。当然，诚心找碴儿的那些除外。

"耶——欢迎收看本周的《美食侦查队》，我是你们的外景主持秦慕斯。今天又在这座城市里发掘到了什么奇妙美食呢？锵锵锵锵锵！就是这家传说中拥有超级好吃的骨汤面的面馆！远离热闹的商业街，开在一条不起眼的小街深处，却是从清代传承至今的奇迹老店，拥有连当年微服出巡的乾隆皇帝都赞不绝口的奇迹味道。到底有多惊奇呢？让我们一起来挖掘这家面馆的奇迹吧！"

"停！"

慕斯情绪还在往上推，却被人粗暴一声喊停，尽管脸上保持着职业微笑，但她内心像是坐在出租车后排安心玩手机时因司机一个急刹车而差点人仰马翻一般。

拍得好好的被喊停，显然是对她业务水平的一种质疑。但慕斯可不能向质疑她的人大呼小叫，因为喊停的那个人是整个剧组权力最大的那位——制作人。

"你动没动脑子啊？"制作人板起脸瞪向慕斯，"一句话里都出现三个'奇迹'了，不要擅自改台本好吗？"

"对不起！"

慕斯嘴上应得郑重其事，但是心里可千百个冤枉，台本的修改明明是自己早一天进节目组时向导演提的，当时还得到了肯定的答复，要不然借她一副熊心豹子胆，她也不会选择在正式开拍的当下玩这种"灵机一动"的把戏。

"三个连起来说也挺有意思的，不是吗？"听到制作人的意见，导演将视线从显示屏上移开，转头看着身后的制作人说道。这并非是坚持己见的态度，而是带着询问的语气。这样看来，这位导演在节目组当中也不是很能放开手脚。

但制作人甚至没有回应导演的视线，自顾自地下达了命令："哪儿来那么多废话，重来一遍。"

导演无奈地咂咂嘴，重复了一次制作人的命令，然后把头转回去摆弄摄像设备了。

这就是慕斯刚到这个节目组时的见闻，一个土皇帝一般高高在上的制作人，一个有意见但提了也没用的导演。依慕斯自己的见解，制作人和导演本来没有谁大谁小的区别，制作人全权统筹，导演运筹帷幄，互相合作完成一部作品。但目前看来，这里边的关系并非平等，究竟是好是坏，慕斯就无法预测了。

准备重拍的间隙，化妆师越玲玲一边给慕斯补妆，一边悄悄在她耳边打气说："别往心里去，那个人什么事都爱管，大家都得按他的意思来。刘导也跟他合不太来。不过你应该也知道，电视台里这个年纪的节目制作人都这样，官气比较重。"

"那个人"就是指这档节目的制作人陈井，这个板着脸数落慕斯的男人四十岁左右，高瘦的个子和冷峻的面孔散发着令人难以接近的严肃感。而"刘导"则是导演刘远舟，三十多岁，不修边幅，性格和陈井正好相反，很好讲话，总是一副和善面孔。

陈井是个小有建树的制作人，但撇开成绩不谈，他在业界真正出名的原因是对工作人员和艺人"刻薄"。尽管陈井作为制作人嘴毒脾气差，但他确实有些能力，这一点从他高要求和高效率的做事风格就能看出来。

"我下次会注意的！"慕斯对制作人承诺道，并为此深深地鞠躬。

"别有下次了！以为自己有点资历就得意忘形，像你这种小艺人我手里要多少有多少。"陈井双手抱在胸前，趾高气扬地继续对慕斯施以言语上的"鞭打"。

慕斯心里有怨言，可是脸上依然只能赔笑。

其实真正令慕斯胆战心惊的，并不是陈井的权力或者他身上的魄力，而是她此前和陈井有过一面之缘，就在自己刚租的那间公寓里头——那天被夏落气走的两个委托人之一，被慕斯判断为"圈内人士"的男人。

慕斯进节目组第一眼看到制作人便认出来了，当时冷汗浸湿了她整个后背，她在心里对着各路神仙猛磕响头，乞求这位眼睛长在头顶上的制作人不要认出自己。虽说找狗和女伴这些事情都是人家的私事，可一旦知道了这种八卦新闻一样的事情，就不能排除无意间惹祸上身的可能性。

慕斯不清楚陈井有没有认出她来，她只能寄希望于陈井别把自己不经意遇见的一位素面朝天、身穿土气运动服的女孩和刚进节目组就被训话的主持人联系起来。如果真的不幸被认了出来，慕斯觉得自己录完第一期节目就得回经纪公司向老板哭诉被开除的悲惨遭遇了。

"再来一次！"在制作人的示意下，导演像是指挥千军万马的将军，对在场的工作人员发出了命令。

主持美食节目是个技术活，主持人不但要对所介绍的美食了如指掌，还必须让观众通过视觉和听觉感受到食物的美味，所以主持人的语言表达和表情都非常讲究。例如吃面和吃牛排所表现出来的东西就完全不一样。

慕斯为了这次主持工作，事先做足了功课，不但找来曾经非常成功的美食节目反复观看、演练，还多次向经纪公司里有经验的前辈请教，力求每一步都做到完美。慕斯一向是个认真的人，对于到手的工作从来不会敷衍，尽管她最初的梦想是做歌手……但是，不论站在摄像机前，还是站在舞台上，又或者只是站在为自己应援的粉丝面前，有一点是共通的，那就是保持笑容，全力以赴。

在被制作人骂过之后，慕斯加倍小心，第一部分的拍摄工作顺利完成。接着她进入节目要探访的面馆内，作为主角的汤面已经摆放在桌上，香味浓郁，令人食指大动。摄像机和工作人员也都就位，只等导演喊开始。

"今天这期的主角是汤面，等一下你吃的时候可别吸太用力啊，不然汤弄到脸上，妆就很不好办了。"最后做确认的越玲玲再三提醒慕斯。

这个女孩是节目组里和慕斯最聊得来的人，两人年纪也相仿。越玲玲带点婴儿肥的圆脸给人感觉很亲切，这是让慕斯喜欢的主要原因。乍看她的性格有些内向，但关系熟络了以后也很健谈。她做这一行才半年而已，在节目组的资历比慕斯老不到哪里去。

不过，慕斯发现越玲玲的做事态度不太积极，面对制作人则是能躲就躲。慕斯猜不透她到底为什么这么害怕制作人，仅仅因为难相处的话，还不至于让人产生这么大的恐惧心吧？

"慕斯，等一下镜头会在这个位置，你坐下的时候身体稍微往前一些，让我方便拍到整张桌子。"

在越玲玲身后对慕斯说话的是摄像师张正，年纪三十岁出头，但听越玲玲说，很久以前他就跟在陈井身边做事了。张正外表看上去一副老实巴交的样子，工作态度也十分稳重，挑不出什么毛病来，硬要说哪里感觉不好的话，就是他偶尔看慕斯和越玲玲的眼神带着一点放肆。越玲玲也偷偷对慕斯说过，自己曾被这个男人在言语上骚扰过，比如大家一起聚餐，几杯酒下肚后，他会说些叫女孩子接不下去的荤话。

这些私生活上的事情，慕斯不方便发表意见，只能说知人知面不知心。可现代社会谁不是这样子呢？工作、交际都需要戴上一副面具，做着虚假的表情，扮演着设计好的角色，维持着谁都不能真正信任谁的关系。而那个真实的自己，只有在回到家后，对着洗手间的镜子才会展现出来。

正在慕斯思考的时候，另一个声音传进她的耳朵，说话的是剧组里的灯光师。

"刘导，这个位置不太妙啊，墙角那只花瓶妨碍到灯光了，我看还是把它拿走好了。"

灯光师周信修是个很活跃的青年，大家都叫他阿信，二十七八岁的年纪，尚未成家。看外表就会给人留下"做事很不稳重"的印象，平时也是被陈井骂得最多的一个人，每次被骂完还是一副嬉皮笑脸的样子，甚至在陈井转身后会露出相当不服气的表情来。休息的时候，他会找越玲玲搭话，内容一般都是天马行空的吹嘘和不怎么好笑的笑话。从慕斯的角度来看，这已经属于追求越玲玲的举动了，就是做法实在叫人消化不良。

就工作环境而言，慕斯还是挺同情越玲玲的，除了自己这个新来的主持人外，节目组就她一个年轻女孩，要承受的性别压力可见一斑。

"花瓶？"听到灯光师的抱怨，导演刘远舟还没做出应答，倒是陈井先露出了疑惑的表情。

"放在墙角的那个啊，上面都是裂开的花纹的花瓶。"周信修指了指慕斯所坐位置的左后方。

那是一只仿古花瓶，高约五十厘米，看上去有些年头了。当然，不能说这家老字号的面馆里真的没有古董，但能这么大咧咧地摆在墙角，还积了一层薄灰的东西，显然是景德镇里七八十块钱一件的工艺摆件。

既然慕斯都能想明白，制片人陈井当然也会想到。于是他对着后厨房喊道："喂，老板娘，来一下！"

听到陈井的叫喊，后厨房的布帘子掀开，从里面走出来一个人，正是这家面馆的老板娘。

老板娘名叫宋芳，是个颇有风韵的中年妇人。她并未用浓妆艳抹来掩盖岁月在脸上的痕迹，只在眉毛和嘴唇上略加修饰，是那种自然得让人一眼便无法忘记的复古美貌。她年轻的时候十有八九是会被街坊邻里叫成"××西施"的那种人，虽然不至于被贴上"红颜祸水"的标签，但显然不乏追求者。

因为自己的店要上节目的关系，宋芳穿了一条并不方便干活但绝对体面的裙子，外头套着崭新的围裙。尽管看起来有点用力过猛的感觉，但慕斯也不是不能理解这种心情。

方才在后头听到陈井叫自己，出来看到这个脾气和态度都跟下水道烂泥似的制作人没好气地盯着自己，宋芳显得有些不知所措。陈井没给宋芳喘口气的机会，他一指墙角的花瓶："这花瓶收起来，放在这里会妨碍我们拍摄。"

话里一点客气的语气都没有，直接用命令的方式对老板娘呼喝，旁人听了无不皱紧眉头。慕斯要不是之前参与过节目，根本不相信世界上还有说话态度这么差劲的人。好像上节目是对这家店天大的恩赐似的，陈井尽用一些高高在上的方式对人说话。

宋芳倒没有露出不愉快的神色，只是锁着眉快步走到花瓶处，把花瓶搬起来交给店里的伙计，吩咐他把这东西放去后头的储藏室。

不过受宋芳召唤从后厨房来到厅堂的这位伙计可不像老板娘那么和颜悦色，他身高少说有一米九，体形魁梧，站在慕斯面前好像一座大山一样。他脸上有一条从左眉骨沿着左脸一路延伸到下巴的刀疤，似乎暗示着他的过往并不风平浪静，配上一副黑帮大哥般的凶恶表情，让人不禁猜想他到底是不是刑满释放人员。慕斯听到老板娘叫他"阿雄"。

然后慕斯的视线又落在那只碍事的花瓶上面，她第一次看到这样裂开的花瓶。哦，说裂开也不准确，应该说是花瓶表面布满了裂开的纹路，就像冰面受到击打而均匀碎开，配合青色的釉面，看起来十分特别。

"倒是在电视剧里见过这种花瓶，到底叫什么名字呢？"慕斯开小差想着。

"这种瓷器叫冰裂纹花瓶，因为表面遍布着像是冰层裂开的纹路而得名。造成这种外表的原因是坯、釉膨胀系数不同，焙烧后冷却时釉层收缩率大。原是瓷器烧制中的缺点，但古人有意利用开裂的规律制造这样的效果，把它作为瓷器的一种特殊装饰。"

如同有求必应的神灵，身边突然传来细致的科普声音，及时解答了慕斯的疑惑。

"原来是这样啊……"慕斯惯性地点着头，下一秒却突然浑身一震，"等一下！"

她觉得这说话的声音特别耳熟，耳熟到自己闭上眼睛就能勾勒出说话人的容貌和神情以及叫人敬而远之的糟糕个性。

"不会吧……"尽管非常不想承认这一点,慕斯还是不得不回头,确认那个对她说话的人是不是应验了她的不好预感。果然,她看见夏落坐在她旁边的位子上,正盯着桌上的骨汤面两眼发直。

"你怎么在这里?"

慕斯发出的惊呼让整个节目组的十多双眼睛齐刷刷地投向她,发觉自己失态的慕斯赶紧低下头装作无事发生。

"到底怎么回事?"稍微撇过头对着夏落,慕斯努力压低声音,对自己这个新室友发出了质问。

"我是今天的嘉宾观众啊,转发微博抽奖抽到的。原来你是这节目的主持人啊,咱俩还真是有缘分。"

《美食侦查队》这档节目有个特点,每一期并不是请明星艺人撑场面,而是通过网络抽奖的方式抽取观众作为嘉宾。这样既能提高话题度,又省了不少经费。乍看并不觉得是多聪明的手段,但偏偏很有效。

慕斯现在有点懊恼自己工作方面的疏忽,作为主持人居然没有认真去看嘉宾观众的名单,结果造成现在的尴尬。尽管这个室友并不是什么麻烦人物,但慕斯每次和夏落的眼神一对上,心里就会发毛。夏落今天出来没戴眼镜,为了吃面方便,恐怕连隐形眼镜都没戴,看东西时两眼显得很无神,可那微微眯起来的双眼,却给慕斯一种能看穿自己的不安之感。

慕斯一边做着深呼吸,一边安慰自己——现在的她完全是工作状态,除此之外并没有什么值得那个怪人推理的。

也许是慕斯的默默祈祷起了作用,夏落很快就把视线转移开,她继续盯着桌上的拉面轻描淡写地对慕斯说:

"不枉费我搞了五十多个小号转发,努力得到的美味更显得难能可贵呢。"

要不是顾及自己的偶像包袱,慕斯真想一巴掌拍在夏落后脑勺上，把她的脸按进面汤里，让她好好清醒清醒。

"这么想吃这家店的面的话，自己坐车来不就好了！"

"但上节目的话就可以免费吃到了。"

"一碗面也就十几块钱啊！你前两天不是还跟我说自己不愁吃穿吗？"

"节俭是美德，而且这种吃白食的情怀你不懂。"夏落露出深奥的表情。

在慕斯看来，这深奥当中所蕴藏的厚颜无耻显然不是夏落做虔诚祈祷状向哪个国家的食神祷告就能轻易抵消的。

自称侦探其实都是骗人的吧？慕斯扶着额头想。

这时，陈井那永远都处在暴躁边缘的声音再次响起，目标直指慕斯。

"喂！你过来一下。"。

"对不起！"

陈井一愣，才反应过来慕斯条件反射以为他要骂人，眼神很复杂地盯着慕斯，之后不得不换种语气对她说："到外面来一下，我有事情交代你。"

慕斯跟着陈井走出面馆，一直走到哪怕两个人敲锣打鼓都不会被面馆里的人听到的拐角，陈井才停下来。他掏出打火机和香烟，在慕斯面前点燃后慢条斯理放在嘴里，而他的视线从头到尾都没有离开过慕斯，就连慕斯对香烟味道表现出抵触情绪而微微皱眉的细节也没放过。这一系列动作仿佛是在给慕斯施压，逼迫她做出某个对陈井有利的决定。明明拍摄时间很赶，陈井却还搞这出动作，更验证了慕斯心里的猜测。

在这一瞬间，慕斯的脑子里已经把一大堆碎片般的线索组合起来：第一次和陈井碰面是在自己租住的小公寓里，夏落说他带着情人来找狗；接着是越玲玲对陈井异常地惧怕；最后是慕斯自己网上搜来的一些未被证实的花边新闻，显示陈井不是个省油的灯。一个手里有点资源和人脉的男制作人，面对一个年轻漂亮又想得到更多机会的女艺人，不难猜到他脑子里想的是什么。

"等一下！"慕斯对陈井叫自己出来的动机又想到另一个可能性，"他见过夏落的，难道……"

"你和那个自称侦探的家伙认识？"陈井单刀直入地问。

慕斯没有时间编谎话，只好挑那些比较好圆一点的措辞："啊……也不是……那么熟。"

如果只是问夏落的事情的话，慕斯倒是可以放心了。她的回答既不是真话，也算不得撒谎，虚虚实实最难让人分辨。尽管陈井够老辣，但慕斯也不是刚入行的小可爱，尽量用"不熟"来对付，只希望制作人以后别因为夏落而给她小鞋穿。不过话又说回来，陈井这么问就表示没认出那天在楼梯上擦肩而过的女孩就是自己，该说值得庆幸呢，还是说有点难过呢？自己妆前和妆后的外貌差那么多吗？

陈井又狠狠地嘬了一口烟，吐出的烟圈让他的表情变得不分明起来。他接着说："我不知道她这一手是什么意思，不过要是觉得能从我身上得到好处就大错特错了。"

慕斯内心毫无波澜，甚至觉得陈井有点好笑，他要是知道夏落纯粹为了吃"霸王餐"而来，会不会吐血三升？

当然，这个傻还是要继续装的，于是慕斯回答道："我不是很明白您的意思。"

"你也别给我装糊涂，你们这些小姑娘为了钱什么都干。我也不是笑话你，所谓'君子爱财'，多读点书你也就懂了。只是别想又当婊子又立牌坊，管好自己嘴巴才不会给人添麻烦，知道吗？"

认识慕斯的人都知道她脾气好，甚至有些好欺负，但不代表慕斯没脾气。大部分时候慕斯不会明确表现出她的愤怒，这些激烈的情绪会化作脑海中的弹幕，在眼前如流星雨般华丽地飞过。正如现在，在听了陈井的话之后，她双眼所见的画面已经被弹幕完全覆盖，根本看不清陈井的脸——

"到底谁没读过书？'君子爱财'是这么用的吗？"

"什么叫'小姑娘为了钱什么都干'？只有想利用你的小姑娘才这么干吧？"

"又当婊子又立牌坊的难道不是你自己吗？"

"嘴巴臭到全节目组的人都觉得你是个麻烦，难道你自己照镜子的时候没看出来？那是不是该介绍个眼科名医给你啊？"

"真是见了鬼了，就算是垃圾也是分可回收和可燃的啊，你偏偏是那种不可降解也不可燃的地球之癌。"

然而慕斯表面上依旧维持着冷静，只对着陈井微微点头。

"行吧。"陈井把要说的话都说完,烟才吸到一半,于是丢下还燃着的烟蒂,俯身下来勾着慕斯的肩膀,在她耳边提醒道,"我相信你能让她学聪明的。这是为了她好,也是为了你自己将来好。"

"将来"两个字加了重音,这让慕斯更加敢怒不敢言。

CHAPTER
05

　　这个小小的插曲之后，节目重新开始拍摄。慕斯卖力地向观众展示手里这碗面的美味，说得绘声绘色、眉飞色舞，其间还穿插"慕斯式"冷笑话若干。她或许不是天生的主持人，但作为偶像，这么多年演艺道路走下来，调动现场气氛的本事可谓老到。尽管如此，一旁的夏落依旧完全不管慕斯的步调，自顾自地吃面。就像火焰和冰山，一个自顾自激烈，另一个则事不关己继续凛冽，是冰被火融化还是火被冰冻结，没到天荒地老怕是分不出胜负来。

　　直到导演觉得再这样下去非搞砸不可，于是对摄像师使了个眼色，灯光镜头同时集中到夏落脸上。在一旁工作人员的提点下,夏落终于抬起头,双目无神地说:"唔,好吃。"

因为这三个字,现场气氛顿时尴尬起来。夏落对镜头过于紧张,毕竟这不是在车祸现场采访目击证人,嘉宾陈述感受的时候多少要有点表演意识,但夏落可能天生就不是块表演的料。这种时候要对嘉宾做出适当的引导,将话题带动起来,便要看主持人的本事了。

在这短暂的沉默中,慕斯最先反应过来,赶忙接话道:"没错!好吃到让人赞不绝口,千言万语都敌不过'好吃'两个字简单明了。不过听说夏小姐也是位厨艺达人,不知道对这碗面的味道有什么特别的见解呢?"言下之意当然是"你倒是说具体点啊"。

慕斯说完又对夏落猛眨眼,这家伙能看见袜子上沾的锯末并推理出自己走过的地方,不可能在这个时候看不见也读不懂自己的眼神是什么意思吧?要真是这样,慕斯发誓回去以后一定做一面大红锦旗挂在夏落房门口,上面写四个烫金大字——"江湖骗子"。

夏落当然不可能被慕斯送锦旗，她微微点头，仿佛自言自语一般说道："要具体的吗？嗯，这面的骨汤非常浓郁，而且胶原蛋白含量高出一般的骨汤很多，原因有二：第一是这家店在熬制骨汤的时候将猪腿骨砸碎来熬，第二是在熬煮过程中加入了牛筋。而这么浓的汤汁喝起来却一点也不油腻，还有淡淡的清爽口感，推测是把白萝卜打成泥放进汤里了。"

随着夏落话音落下，最后一滴汤汁也被她吸入口中。接着"哐当"一声响，空空的面碗被搁在桌上，不见一根面，也不见一滴汤。

在场所有人都愣住了，好像在看怪物一样看着她。连制作人陈井都被这出人意料的发言惊到了，微微张开嘴，竟忘记了骂人。而拉面馆老板娘更是用手掩住嘴，吃惊地瞪大了眼睛。

"这……这又是你的推理？"慕斯问夏落时嘴角在抽搐，甚至都没意识到，说出"又"字的时候她已经穿帮了。她正竭尽全力控制面目肌肉，没有流露出会被观众截图做成表情包的崩坏脸，这足以表明她业务素质优秀。

但夏落好像完全没看出慕斯有多努力一样，用理所当然的态度丢出一句让人哭笑不得的发言："不，我吃得出来。"

夏落伸出小小一截舌头，指了指，接着便说："我舌头比较灵敏？"

"你是不是对'比较'和'灵敏'这两个词的意思有什么误解？"

这时候老板娘宋芳急了，她赶紧挡在还在录制的摄像机前面，慌张地说："这是我们店的独门秘方，客人您居然吃出来了？导演这个可不能播出去啊。"

"停停停！"陈井火冒三丈的声音终于撕开鸦雀无声的现场，他扯着嗓子喊，"谁找这种怪胎过来的？整个气氛全被破坏了！我要你正常一点的反应！你这么能讲怎么不去《非诚勿扰》啊？重拍！"

不管是谁招来的，最终拍板的肯定还是制作人你啊——慕斯这话只能放在心里想想，讲出来自己就得卷铺盖走人了。

结果里外忙活半天又要重来。补妆，重新安排灯光台本，重新调试镜头。更重要的是，节目的主角——面，要重新煮。这对凡事效率第一的陈井来说非常糟糕。精力是钱，时间也是钱，没有谁愿意把钱浪费在善后的事情上，这种花销不会给自己带来机会和财富，只会在不断原地踏步的时候变作账单上令人头疼的数字，就好像是证明自己才能的分数一样。

所以陈井才这么暴躁，他的工作状态似乎永远和"心平气和"四个字无关。若不是导演是个笑面菩萨，恐怕这个节目组没有一天能安宁。

骂完夏落，陈井心里的恶气还没有出尽，他索性取出香烟、打火机和手机，三样东西一起抓在手里。他跟身边的人打了声招呼，说要去洗手间，之后便穿过厨房往后面走去。

"陈……陈先生……"宋芳知道陈井上洗手间的真正意图后欲言又止。

"干什么？"陈井没好气地问她。

宋芳无可奈何地提醒他："如果您要抽烟的话，请不要在洗手间里……"

陈井快速瞥了一眼宋芳，没有正面回答，转而对节目组的人说："你们好了叫我。"之后便消失在厨房另一头的门后。

这时候，导演刘远舟头都没有从显示屏幕上抬起来，只是随意应了一声；化妆师越玲玲只要不是制作人点名，从来不会做任何回应，正专心致志地给慕斯补妆；而灯光师周信修和摄像师张正也都忙着自己的事情，并没有对制作人的离开投以过多关注。慕斯把这些看在眼里，思绪中突然浮现出一个成语——"貌合神离"。她开始有点担心，接下来要继续和这帮人合作的话，自己不得不多花点心思看懂这里的气氛。

不过慕斯的担心是多余的，她不可能知道自己从今往后都不需要和这个节目组打交道，更不用继续忍受陈井的傲慢态度直到合约终止，当然，她也不可能知道这是陈井最后一次出现在大家面前。

半小时后，一切准备就绪，导演给陈井打了两个电话，却没有得到回应。一群人守在摄像机旁玩了半天手机都没看到陈井出现，这不像众人认识的视时间为金钱的陈井会做的事。退一万步讲，就算陈井真的有别的什么麻烦缠身，也不过是微信群里传一句话的事。

"不会掉里头了吧？"灯光师周信修开玩笑说。化妆师越玲玲说这个人讲话不分场合，慕斯这下总算有了大概的了解。

"刘导，要不……你去看一下？"摄像师张正露出不放心的表情，对导演刘远舟说。

刘远舟这时也是疑云满面，就算张正不说，他也打算亲自去找陈井。

"老板娘，洗手间在哪里？"

"哦,在厨房后面,我带你过去吧。"

两个人去了约莫两分钟,刘远舟跟着宋芳回来,脸上已经不是疑惑的表情了,那是不知道眼前的麻烦要怎么处理的慌张——陈井不见了。

刘远舟摇着自己的手机,一副屋漏偏逢连夜雨的表情,说:"我手机快没电了,你们谁再给他打个电话?"

在场的工作人员里,张正和周信修反应最快,立刻掏出手机来,一个给他打电话,另一个则试着用微信联系。

"制作人这种时候会跑哪里去啊?电话也没人接。"放下手机的张正也六神无主起来。

"没回。"周信修看起来没多少耐心,接着他马上又说,"忍不住了,我也去一下洗手间。"

"那我带你去……"宋芳接着说。

"不用了，就厨房后面是吧？我知道了。"话还没讲完，周信修已经走去后面。

"慕斯你可以陪我上一下洗手间吗？"周信修走后，越玲玲也凑过来悄声对慕斯说。

一个早上工作下来，大家确实都需要解决一下"私人问题"。越玲玲之所以要慕斯陪她，大概是害怕一个人去会遇上返回的周信修。慕斯就算没心思刨根问底，也不禁要好奇：自己对周信修在追求越玲玲的猜想难道是真的吗？

慕斯倒是为了保证节目拍摄万无一失，从早上起就没喝过水，所以她没这方面的需求。但为了越玲玲着想，陪上这趟洗手间她义不容辞。

"我也要去。"夏落也掺和进来，最后变成了女生三人同行。

顺着老板娘的指路，三个女孩穿过厨房后面那扇拉门，所处的是一条横向的走廊，往左的尽头通向洗手间，往右还有一个拐角，通向储藏室、起居室还有往二楼的楼梯，二楼似乎是卧室。走到这已经是私宅部分了。面馆的结构分成两部分，前半部分的店面沿街，后半部分的起居空间挨着巷弄，那边有一扇后门可以出入。按理说，这种前店后家的房子，洗手间都是店家自己用的，并不对上门的食客开放。但因为今天情况特殊，老板娘自然不会让节目组的人跑去三百米开外的公厕。

肉眼确认过洗手间的位置之后，三个女孩走向目的地。不出慕斯所料，中途刚好遇上返回的周信修。一见周信修嬉皮笑脸地朝三人靠过来，越玲玲立刻畏畏缩缩地退到了慕斯身后。哪怕是瞎子都看得出来这里头不简单，更别提心思缜密的慕斯和心思缜密程度比慕斯高好几个段位的夏落了。

周信修见越玲玲躲着自己，不禁调笑道："哎呀哎呀，不要这么怕我嘛。"

越玲玲抿着嘴不说话，倒是慕斯瞪了他一眼。感到触霉头的周信修只好耸耸肩，假笑着离开，离去前还把夏落打量了一番，看样子只要是漂亮女孩，都在他的狩猎范围内。唯一区别只在于，是唾手可得还是遥不可及而已。

越玲玲去洗手间的空当，慕斯和夏落无所事事地等在外面，两人之间的气氛有些沉闷。

"其实我刚才反应有些过度了，去哪里吃面以及用什么样的方式吃到面都是你的自由。但我欠考虑，可能说了一些让你不舒服的话。"

"有吗？"夏落装作自己在回想似的，然后摇摇头，"你刚才说了那么多话，哪句让我不舒服我可没听出来。而且，你要是老因为顾及别人的感受而阻止自己去做某件事，我倒觉得你才真的需要向将来那个一事无成的自己好好谢罪。"

慕斯可不认同这种评价："一事无成？你也太早给我定性了吧？"

"毕竟获得成功只有一种途径——去做。"夏落适时端出一碗心灵鸡汤来，听起来跟某某诺贝尔奖得主说给年轻人的十句处世金句似的。

虽然慕斯觉得这话有那么些道理，但若不反驳，那将来自己在贝壳街221B势必会失去话语权。如果慕斯能冷静下来想想，就知道她的话语权对夏落来说和饮料瓶子上写的"开瓶有奖，中奖率达100%"一样，不过是句空谈。倒不是说夏落霸道，处处要听她的，而是夏落不会被外界的意见左右，尤其像慕斯这种抛弃理性、完全依感情行事的人的意见。

所以慕斯是这么反驳夏落的："是嘛，就像你把金主给气跑那样？"

"你不能用一个个例来判断我对所有人都这样子。"夏落说。

"正在减肥的人被抓包偷吃肉的时候也会这么狡辩。"

"我又不用减肥，你这种胡说八道的举例对我们的话题一点帮助都没有。"

我又不用减肥……

我又不用减肥……

我又不用减肥……

她这个"又"字是故意说给谁听的?

于是慕斯不说话了,转而一心一意地考虑夏落故意拿女艺人最敏感的体重问题挤兑她的可能性。

两人之间突然有了那么一小会儿的沉默。最终还是夏落先开口,她问慕斯:"你们是第一次来这里拍东西吗?"

"嗯,是啊。"慕斯随口应着。

"每一次的拍摄内容都是那个制作人决定的?"

"嗯,是啊。"慕斯继续应着。

"看起来不太好相处。"

"咳咳……"慕斯没有接着说"是啊"。她想到陈井把她单独叫出去说的那番话,不知道该不该和夏落交代。

"不过话又说回来……"夏落似乎有什么事情想要告诉慕斯,"关于那个制作人……你对他知道多少?"

"可能还没报纸杂志上报道出来的多。"慕斯如实回答道。但当慕斯准备反问夏落打听这些事有什么用意的时候,两人突然听到了一阵十分巨大的声响。

"轰——哗啦啦——"

似乎有什么东西倒塌下来,巨大的声响从走廊的另一头传来。

"怎么回事?"慕斯抬起头,凭借自己的经验判断,这是木架子塌下来并伴随着杂物落地的声音。这声音带起不安的氛围笼罩着她，慕斯第一个想到的是有没有人受伤。

"怎么啦？储藏室那里有奇怪的声音？"老板娘听到声音后，从店堂走到后面来，她先看向站在洗手间外面的慕斯和夏落，两个人脸上都是云里雾里的表情。接着她循着声音发出的方向走去，想要看个究竟。节目组的一群人也纷纷探出身子，像一群好奇的土拨鼠，脸上都带着疑惑的表情。

不过十几秒的时间，走廊那头又响起一个尖锐的声音，这次是老板娘的尖叫声。巨大的恐惧感山呼海啸般袭向众人，慕斯内心的不安达到了顶峰，她觉得自己必须要去了解所发生的事情，兴许还能帮上什么忙。

慕斯身边的夏落反应更加迅速，不，确切地说，是她体内奇怪的雷达感应到了有事情发生而朝着声音的方向奔去，动作迅速得像一只预感到危机的羚羊。

慕斯跟着夏落的后脚追去，在走廊的那一头转个弯，就看到老板娘脸色惨白地瘫坐在地上，店里的伙计阿雄已经先一步到达，他扶着老板娘，让她不至于跌倒在地上。老板娘面色苍白，对着大门敞开的储藏室，夏落正蹲在地上查看着什么。

"出什么事了？"一股冰冷的寒意侵袭上慕斯的后背，但好奇心又诱使她走上前看个究竟。

"别过来！"夏落凝重的声音响彻在储藏室内，尽管音量不高，却像一把锤子敲击在众人心头。这时候，包括去洗手间的越玲玲在内，整个节目组的人都循着老板娘的尖叫声赶来，他们就站在慕斯身后。

夏落只是制止慕斯继续前进，倒没有阻止慕斯探头往储藏室里看，尽管储藏室内光线昏暗，但慕斯还是看到了。映入她眼帘的是一幅非常惨烈的景象，储藏室里乱成一团，两个原本靠在墙边的木架子倒在地上，各种物品器皿散落在地，而在这些东西下面压着的，是制作人陈井。他脸朝下趴着，后脑上血肉模糊。就连完全不懂推理破案的慕斯也能一眼看出来，造成他脑袋开花的罪魁祸首，就是在他头部四周碎成一地的刚才还放在店堂里的那只"碍事的花瓶"。

"报警吧，这人已经死了。"夏落站起来说。不知道是因为激动还是因为愤怒，她的声音有些干涩，就好像快要抑制不住某种情绪冲向头顶，一点一点吞噬她的理性。但她最终还是冷静下来，然后像走在冰面上一般小心翼翼地退出储藏室。

"死了？！"

之前还在这里和大家一起工作的人，现在却以这样的方式出现在大家面前。慕斯好像全身血液被抽干了一样，一种冰冷又恐惧的感觉扩散到四肢百骸，她腿一软，差点瘫软在地上。幸亏退出储藏室的夏落及时拉了她一把，慕斯靠着夏落，从她手心传来的体温中汲取到一丝力量。慕斯感激地看了一眼夏落，夏落原本无神的表情早已消失不见，取而代之的是慕斯从未见过的神采，她的眼睛正透过层层迷雾，向着名为真相的彼岸穿行。慕斯不知道的是，摆在自己面前的这一幕和之后发生的错综复杂的事件，让她的人生发生了翻天覆地的变化。而带给她这一切变故的人，正是自己身边这个自命为侦探的夏落。

CHAPTER 06

没有人知道自己生命中的下一分钟会发生什么事情,当你走向十字路口时,向左转还是向右转,又或者向前进,不管哪个选择都可能让你的人生大变样。也许你会撞上今生的挚爱,也许你会被这辈子最大的麻烦缠上。

只不过,在A市某处一家颇有历史的面馆里,一个脾气和人缘都极差的节目制作人为他这偶然的"转错弯"付出了生命的代价——他趴在那间狭小储藏室的冰冷的地板上,永远地停止了呼吸。

"我是负责这起案子的刑警伊诺。"

在众人发现陈井的尸体半小时后，一名叫伊诺的女刑警站在了慕斯等人的面前。这时，众人被集中到储藏室门口，狭小的走廊变得十分拥堵。

刑警伊诺看起来和慕斯的年纪差不多。她有着一头黑亮的长发，干净利落地束起，垂在脑后，刘海斜斜盖住七分额头，给人一种成熟干练的印象。她身高一米六出头，但肩膀和四肢都很纤细，所以整体给人感觉偏娇小。如果不是她出示了自己的警官证，而且警官证上的照片和本人一模一样，慕斯根本不相信眼前这个长得像杂志上的时装模特的女孩居然是刑警。

"你有点眼熟啊。"伊诺自我介绍完后扫视了一圈现场的人，一眼看到了其中最矮的家伙，之后她的视线集中到了慕斯身上。

"我叫秦慕斯。你觉得眼熟一定是在电视上看过我！"慕斯兴奋地介绍自己，好像自己身处的并不是发生命案的现场，而是电视台举办的年终酒会；自己面前站的也不是刑警，而是哪个电视节目制作人。不过提到制作人，他现在已经死在储藏室里，节目估计也要凉了。被牵扯进命案的艺人十有八九会被经纪公司雪藏吧？想到这里，慕斯不禁沮丧起来。

"哦……"伊诺又把慕斯从头到脚打量了一遍，发出一个意义不明的词算是回应，"我不怎么看电视的。"她毫不留情地告诉慕斯，语气和表情认真得像正在切除肿瘤的外科医生。

"死者名叫陈井，四十二岁，职业是电视节目制作人，死因初步推断是颅脑遭击打致死，凶器是那个原本放在架子上的花瓶。死亡时间根据几位当事人的描述是下午两点二十五分。死者身体其他地方并无外伤，现场也没有搏斗的痕迹。现场留下的指纹除了死者的，就是这家店的伙计和老板娘的。"

听着调查现场的刑警汇报初步勘查结果，伊诺走近陈尸的储藏室。储藏室长五米，宽三米，靠两侧墙壁处本来立着两排木制储物架，事件发生时正倒在尸体上面，警察为了调查现场，拍照取证之后被重新搬回原处。正对门的墙壁上方有一扇小气窗，气窗上竖着间隔十厘米的铁栅。

伊诺站在门口观察了一阵才走进储藏室，第一脚下去十分艰难，因为锅碗瓢盆、瓶装酱料，各种东西散了一地，有的落在尸体上。陈井头朝内趴在地上，流出的血液已经汇成一摊，如同地上盛开了一朵妖艳的红色大丽花，白色的花瓶碎片散落在上面，显得狰狞且刺眼。

她从口袋里取出手套戴上，小心地绕过尸体，走到陈井头部的位置，蹲下来观察死者的伤口。她捡起地上的花瓶碎片仔仔细细地端详，翻了翻覆盖在尸体上的那些杂物，露出若有所思的表情。接着她踮起脚去掰那扇气窗上的铁栅，铁栅纹丝不动，她自己反而弄得满手灰尘。

"这是意外吧？"慕斯在夏落耳边轻声问着。虽然她不知道身边这个侦探对于人命案子有什么能耐，但从发现尸体之后夏落一系列保护现场的举动来看，这个人的侦探头衔应该并不是说说而已。

慕斯是第一次看到真正的尸体，说不害怕自然是骗人的。不过，因为储藏室的光线本来就暗，眼前的尸体又被杂物覆盖，所以看起来并不是特别可怕。但毕竟是一条鲜活的生命,那种血淋淋的震慑依旧印在她的脑海里挥之不去。她甚至不知道自己是在什么时候抓住了身边的夏落的手,身体也轻轻靠着她,本能地想从同伴身上得到些许支持的力量。

夏落并不介意她这种举动,事实上,她的眼睛亮晶晶的,慕斯第一次看到有人因为死了人而这么兴奋。

对于慕斯的疑问,夏落只回以一句令慕斯吃惊不小的结论——"这是谋杀。"

慕斯听到了一个正常情况下绝对不可能被提及的词语,她吃惊地瞪大眼睛,无法相信夏落对她说的话。

"你刚才说什么?"

"这是谋杀。"与此同时,把现场巡视了一遍的伊诺也得出了同样的结论。在场的另外六个人——拉面馆的老板娘宋芳、伙计阿雄、导演刘远舟、化妆师越玲玲、摄像师张正、灯光师周信修，同时露出了震惊的表情。但在震惊之余，节目组里有四个人掩饰不住脸上一闪而过的窃笑。这一切，被夏落一一看在眼里。

"一个讨人厌的家伙死了，一群小丑在幸灾乐祸，还有一个魔鬼，他以为自己能混在其中享受快乐。"夏落摇摇头，冒出一句让慕斯摸不着头脑的话。

至于慕斯，她现在的心思完全不在夏落的故弄玄虚上。

谋杀——这恐怖的词居然会出现在慕斯的生活里。原本应该只是见诸报端的惨剧，或者电视剧以及小说里起伏跌宕的情节，这些居然就这样毫不掩饰地呈现在慕斯面前。她顿时觉得整个世界不真实起来，那些人说话的腔调，留在墙壁上的陈年斑点，还有自己心脏剧烈跳动的声音，这些都不像是自己真正听到、看到、感受到的东西，而是被外界强加在脑子里的一种印象。这个世界到底是什么？自己看到的又是什么？不，更关键的是，既然是谋杀，那就意味着有凶手。有一个恶魔潜伏在阴影当中，伺机露出它可怖的利爪和獠牙，夺取人的性命。想到这里，慕斯不禁脸色发白，身体又摇摇晃晃起来。

"不用怕，有我在。"夏落抓住慕斯的肩膀，轻轻在她耳边说道。

没来由地，慕斯相信了。她发现夏落有种不可思议的力量，好像只要她在身边，任何疑难问题都会迎刃而解。

"谋杀？他不是死于意外吗？"刚刚那位向伊诺汇报现场情况的刑警歪着头不解地说。她之前自我介绍的名字是伊小西，给人的印象和伊诺完全相反，外表看不出一点身为公务人员的干练，倒是感觉和轻飘飘的裙子、甜品店的草莓千层或者玩具店里的巨大熊布偶更配。不过她向伊诺汇报的时候声音清脆响亮，倒是挽回了些许印象分。

"所以我才说小西你将来升不了职啊……"伊诺说话的语气倒不像是责备下属资质差，而是像调侃自己的闺蜜是"笨蛋"，带着戏谑的态度。

"是姐妹吗？都姓伊……但长相和气质完全不一样。"——这就是慕斯目前的心理活动一览。

现在摆在慕斯面前的事实是，伊诺也说这是一起谋杀，和夏落的推断不谋而合。如果说夏落沉溺在自己那天马行空的侦探游戏当中还可以理解，连专业的刑警也这么说，那慕斯不信都不行。

不对，慕斯相信伊诺能得出这种结论是因为她仔细勘察过现场，加上身为刑警的丰富经验。可夏落在发现尸体的时候立即叫人报警并且不准任何人走进储藏室，她只是在警察来之前站在门外看了一会儿，居然马上判断这是一起谋杀。难道她比刑警还要专业？像福尔摩斯那样明察秋毫？

"谋杀？怎么会这样？谁杀了他？"越玲玲惊讶得合不拢嘴。在场的所有人里，她是最后一个到达现场的。储藏室传出声音的时候她还在洗手间里，直到听到外面异常的声音和老板娘的尖叫，她才意识到有事情发生，等匆匆解决自己的"私人问题"再跑出洗手间来到储藏室门口的时候，就看到所有人都一脸铁青地站在那里。她往储藏室里瞄了一眼，就那一眼也够她做上一星期噩梦了。虽然没有看到尸体的全貌，但她也知道里头倒着的是谁。

"第一个发现尸体的人是谁？"伊诺并没有打算向在场的人解释为什么这是一起谋杀。她打算立刻进入询问证人的环节，因为很多蛛丝马迹显示，陈井被害和在场的几个人脱不了干系。

"是我……"作为尸体的第一发现人，老板娘宋芳弱声弱气地说道。她因为惊吓过度，在警察来之前还昏厥了一小会儿，这会儿脸上总算恢复了一点血色，但说话还有点不利索。自己经营的面馆发生杀人案，自己是第一目击者，又被警察第一个问话，这一切都给这个中年女人太多的压力，至于之后会不会产生心理障碍就真的不好说了。慕斯只希望老板娘能快点从这阴影里走出来。

因为要挨个儿询问，继续留在走廊上就显得有些不合适，伊诺叫所有人先在面馆外头等候，然后一个一个叫进去谈话，面馆的大堂成了临时的审讯室。

"你是怎么发现尸体的？"等到宋芳坐下，伊诺掏出记事本，开始询问。

"大概两点二十五分的时候,我听到储藏室那边传来架子倒下的声音,因为那架子以前就摇摇晃晃的,不太牢靠,所以我就过去看看,谁知道……"宋芳说话的时候表情闪烁,不知道她是另有心思,还是被当时可怕的情景吓到了。

"你和死者以前认识吗?"伊诺边问边把两点二十五分这个时间记下来,并做了标记。

"我不认识他的……只是今天节目组要来店里拍节目……"

宋芳扯着自己围裙的边角说道,那围裙看起来也有些年头了,尽管洗得很干净,但边角被她扯得脱了线,也足以看出她情绪紧张。

"你丈夫呢?"伊诺试着从家常入手,好让宋芳不那么紧张。

"离婚了。"

"那孩子呢？"

"在上学。"

伊诺见宋芳的情绪还有点不稳，问什么都只做简单回答，于是安慰她说："没关系，放松点，都是例行公事。"

宋芳听了，沉默了一会儿，然后鼓起勇气问："伊警官，我的店会被查封吗？"

"原来是担心这个啊。"伊诺的嘴唇抿成一个相当迷人的弧度，露出虎牙的小尖角，这个笑容看起来充满了狡黠的意味，叫人很难抗拒这种带着恶作剧情绪的甜美笑容。如果是犯人，一定会在这样的笑容下缴械投降吧。

"放心吧，案子查清楚以后你就能正常营业了，前提是你必须配合我们。"

"那是当然……"宋芳说完又低下头开始扯自己的围裙。

宋芳走后,轮到了慕斯。陈井死前曾经单独把慕斯叫出去谈话,根据这方面的目击证词,她就成了第二个被问话的人。在慕斯看来,这简直就像在说"你的嫌疑非常大"。慕斯有苦难言,她被陈井叫出去也没听到什么好话,还险些被气炸,如果这个能成为杀人动机……好像也说得过去。

慕斯刚走进店里,就听见伊诺和伊小西的谈话。

伊小西说:"这家店很好吃的哦,我之前就一直对小诺说来着。"

现在还在查案吧?下属在工作场合直接喊上司昵称没问题吗?慕斯想着。

"好啊,等下收工了,我们留下来吃。"伊诺理所当然地回答道。

这样"顺便"真的没问题吗?这可是发生了杀人案的面馆啊!刚刚摸过尸体,再对着骨汤面真的不会有什么奇怪的联想吗？慕斯的内心开始咆哮。

听不到慕斯内心那像机枪扫射般吐槽的伊诺把视线从伊小西转移到慕斯身上，她示意慕斯坐下，然后开始发问："案发的时候你在什么地方？"

"我在店里，准备拍摄的工作。"慕斯说道，顺便指了指外头那些节目组工作人员。

"你是第二个发现死者的？"

"应该是第三个吧，夏落她比我更早到，她上前摸了摸，然后说陈井死了，叫我们马上报警。"

伊诺听后皱起眉头，她知道这种现场一般都会有人采取施救措施，慌里慌张地会让现场遭到破坏。那个夏落的处理方式也未免太利落了，完全不像平民老百姓的举动。

"那个夏落也是你们节目组的？"

慕斯摇摇头，说："她是今天来参演节目的嘉宾，刚巧和我是室友，她是个侦探。"

伊诺和伊小西对视一眼，从两人的眼神当中，慕斯看得出来那种轻视的情绪，没来由地，她有点生气。

"看来你的侦探朋友有点本事，现场被保护得很好。希望她没有做多余的事情，杀人案现场可不是玩侦探游戏的地方。"

"这话我可不同意。"说话的并不是内心在为室友打抱不平的慕斯，而是不知道什么时候站在门口的夏落。

"喂！我还没叫你呢，别随便进来！"伊诺冲夏落喊道。

夏落不为所动，她走到慕斯身边，拉了把椅子坐下来，像谈判一般对伊诺说："我觉得你一个一个问太慢了，刚才我把外头的人全部问了一遍，发现了一些有意思的线索，特地来跟你分享的。"

伊诺听后十分不悦,她没有当场发飙已经证明她的教养相当好,但作为案件负责人,她严厉地警告夏落:"收起你的侦探游戏吧,这是我们警察的工作!"

"哦?"夏落没有打退堂鼓,而是直视伊诺的双眼,没有半分退让的意思。

"你想干什么?"伊诺问夏落。

夏落却说:"电话……差不多要来了。"

"什么……"伊诺被夏落的话弄得莫名其妙,偏偏就在这时候,像是夏落预言中了一般,伊诺的手机响了起来。

伊诺拿出手机,扫了一眼来电显示的名字,然后疑惑地走到厨房去接电话。随即可以听到她在厨房里大叫:"什么?简直疯了吧!"然后又和电话那头的人窃窃私语了几句,最后带着一脸吃了苍蝇似的不快表情回到大堂,坐到了夏落面前。

"真是小看了你这位大侦探啊,上头居然特地打电话叫我别干涉你。"伊诺几乎是咬着牙说出这句话的。在慕斯看来,要是自己和伊小西没有在场,说不定伊诺已经扑上来咬人了,尽管刑警做这种事有点让人难以想象。

"你好,伊刑警。"夏落站起来冲伊诺礼貌地一鞠躬,然后说,"我是侦探夏落,很高兴你能同意我参与到这起命案的调查中来。"

"哎?你还有这种本事?"慕斯看向夏落,她可从来没想到夏落还有让警察都听她话的手段,这种跟007电影一样的事情到底是怎么做到的?

"总之就是让我哥疏通一下。毕竟亲爱的妹妹被当成杀人案的嫌疑人,做哥哥的也不可能坐视不理的。"夏落轻描淡写地说道。

你哥?你还有哥哥啊?以你的性格,真的会被当成"亲爱的妹妹"吗?不是!你哥哥到底是什么来头?慕斯的好奇心快要爆炸了，要不是伊诺恶狠狠地瞪着这边，这会儿她大概会揪着夏落的领口让她把话讲清楚吧。

已经不想再看两个人的相声表演了，伊诺一拍桌子，带着几分火气说道："事先说好，这起谋杀案我已经有头绪了，你最好给我乖乖看着，要是敢乱动现场，小心我以妨碍公务的罪名把你铐回去！"

"等等，你这不是才问了两个人吗？难道已经把嫌疑人锁定在我和老板娘身上了？还是说……你只是在意气用事？"慕斯内心这般哀号着，但她没敢把话讲出来怼伊诺。在她这个守法小公民看来，警察是绝对的权威，是正义的代言人，是不能被质疑的。

"不先听听我调查到的东西吗？"夏落重新摆正姿态，对着伊诺说。

尽管伊诺千百个不愿意，但她还是打开了自己的记事本。

"首先是在我和慕斯之后到达现场的人，第一个是导演刘远舟，接着是灯光师周信修和摄影师张正，他们两个一起到的，最后是化妆师越玲玲。越玲玲说自己当时在洗手间，你知道的，女生的生理期会比较麻烦，所以花了挺长时间才出来。"

说到越玲玲，慕斯又不禁要心疼她，一个女孩子遇到这样的事情难免会恐惧。慕斯混迹娱乐圈这几年，自认心理素质过硬，中得起枪、受得了吓、背得起黑锅、扛得住恶整，但面对凶杀案照样会腿软，好在身边有个在这种非常状态下看起来很可靠的夏落。但越玲玲没人可以依靠，如果她也能相信夏落就好了，夏落可以带大家走出这凶案的沼泽。

"不过这里有个关键问题，那就是听到声响去储藏室查看之前，我们所有人要么在大堂里，要么在洗手间那边，都有不在场证明。当然，除了越玲玲短暂离开我和慕斯的视线。不过，我认为她没可能从不带窗户的洗手间里溜出来，并且穿过墙壁到达储藏室。"

"嗯，还有呢？"

夏落的总结给伊诺省了不少事情，伊诺也很清楚，这个案子最大的问题是在事件发生时没有一个人在或者可能会出现在死者身边。死者陈尸的地方虽然谈不上是密室，但不管是进去还是出来，杀完人后要避过在洗手间门口的夏落和慕斯以及大堂里的众多节目组工作人员，几乎是不可能的。

但也不能说完全没有这样的可能性，因为这栋房子还存在着一个后门，从储藏室出来走后门确实不会被人发现，但也需要冒一定的风险。

"你一定在想后门的事情吧？我在警察来之前就去查看过了。如果你觉得有必要自己再确认一次，那跟我来吧。"

于是，夏落带着伊诺和伊小西还有慕斯来到后门位置。这时候后门并未上锁，外人可以轻易进入这间房子，房子里的人同样能够轻易出去。后门正对的是通向二楼的楼梯，另一侧则是老板娘的卧室。

伊诺仔细查看了后门的门把手，并且把后门开开关关数次，最后摇头说："这门轴都锈了,不管打开还是关上都避免不了发出声音,而且门把手上落了灰,只在最近才被人动过的样子。"

"就是这样。"夏落很高兴和伊诺达成了共识,"所以有人从后门进出作案可以被排除了,因为我们都没有听到架子倒下以后还有别的声音。更何况这门把手最近才被人摸过,简直是故意把'外面的人跑进来作案'这种可能性摆出来给我们看。"

"所以你认为是在场的某个人杀了陈井吗?"伊诺问夏落,她倒不是在试探夏落口风,而是已经从夏落坚定的眼神中得到了答案。

果然,夏落笑嘻嘻地回答伊诺:"你不也是这么想的吗?"

"哼!"伊诺没有否认,但也不想承认,她只觉得夏落很碍眼罢了。

接着,伊诺喊来宋芳,对她说:"二楼和你的卧室也需要搜查,只是例行公事,请配合我们一下。"

"好吧……"宋芳消极地回应着。她也清楚自己没有反对的权利,这件事要是能快点水落石出对她来说才是天大的好事。不过,发生了命案的面馆,今后是否会有生意,那只能留给将来去操心了。

伊诺让伊小西上二楼,而自己进入了宋芳的卧室。她先翻了翻床铺,又仔细观察窗户,不停地摆弄每一件物品,从衣橱到电暖气,最后视线落到站在门外探头探脑的夏落身上。

"喂!你,不要妨碍我调查啊!"伊诺这指责来得有些牵强。在慕斯看来,夏落半只脚都没有踏进过卧室,只是呼吸就妨碍调查了吗?

"看看也不行吗?"夏落无所谓地说道。

但这态度让伊诺再一次怒火中烧,她一拳捶在旁边的书架上:"不准看就是不准看,给我去前面好好待着!"

"啊!警察小姐!当心!"宋芳突然叫起来。

伊诺还没闹明白老板娘为什么大惊小怪，书架就给了她答案——整个斜倒在她身上。

面对书架，在体形上没有多少优势的伊诺顿时被劈头盖脸落下来的书砸蒙了。宋芳是个非常懂得收纳的主妇，所以书架上除了书还放了其他杂物，这一倒，遭殃的伊诺顿时形象大失。

"书架很旧了，经不起您这么捶的……"老板娘这话落进伊诺的耳朵里显然为时已晚。

伊诺狼狈地从书堆里钻出来，第一眼就看到夏落在卧室门口似笑非笑地看着她，那种感觉别提有多讨厌了。

"需要我进来帮忙吗，伊警官？"

"给我出去！"

CHAPTER 07

现场的调查搜证工作还在继续，陈井的尸体被从杂物堆里抬了出来，装进运尸袋送去做进一步的检验，现场陈尸的地方被画上了人形白线。

慕斯看着这一切，心里觉得特别不真实，一想到这是他留在世上最后的影子，就不禁感慨世事无常。有些人在世的时候，你可能巴不得他早点死，但当他真的死在你面前，你才发现，不管哪种遭报应的方式，唯独被人谋杀是最不应该的。谁也没有权利因为自己的恩怨就残忍杀害对方吧？要是这样，还要法律做什么呢？

虽然慕斯对这个制作人也没什么好感，但毕竟是一条活生生的生命，"死有余辜"这样的话，她无论如何说不出口。

到这里，调查工作已经接近尾声，那间发生凶案的储藏室也被黄线隔离起来。所有人被集中到面馆的大堂做最后的询问。

"还要问什么东西啊，警察小姐？我们不可能杀老陈的啊。"灯光师周信修从一开始就一副不配合的态度，不停地叫叫嚷嚷，如果不是没脑子，那就是做贼心虚。

伊诺的记事本上已经密密麻麻地写满了线索，她最后又确认了一遍，认为没有遗漏了才"啪"的一声合上记事本，然后对周信修说："就是为了找出凶手才要问你们的话，乖乖配合会很快有结果的，不然我只能把你们一个个带回局里，在审讯室里问了。不过没关系，我们会提供伙食的，虽然不怎么好吃。"

听到这样的话，周信修只好乖乖闭嘴，不服气地坐了下来。这种只会叫唤不敢咬人的家伙伊诺见多了，自然有方法对付他。

"我再确认一下，下午一点到两点二十五分案发的这段时间，你们到底在什么地方？从你开始说。"伊诺指了指周信修。

周信修没好气地坐着，表情极不耐烦。制作人的死似乎对他来说不是什么不愉快的经历，相反还有一点点幸灾乐祸在里头。如果单纯地讨厌一个人，表现出这种态度是令人生疑的，除非他和陈井还存在着什么不为人知的纠葛。

这也是伊诺要他第一个发言的原因。

他回忆着当时的情形说："我们中午吃过东西之后就开始下午的拍摄，后来老陈不满意，说要重拍，我们又重新弄过，之后大家就一直坐在这里等老陈出现，张正还去找过他，可是没找到。张正回来之后，我上了一趟洗手间，回来的路上还碰到了小玲。再之后就听到了老板娘的尖叫，跑过去一看，陈制片已经死了。"

周信修对陈井、张正还有越玲玲的称呼都不一样，这三个人在他心里的地位一目了然。

"陈井什么时候走开的？"

"大概两点前，去了有半个小时吧。"

"哦……"伊诺习惯性的"哦"又跑出来，她直直地盯着周信修的眼睛，想要从里头挖掘出更多的信息。

"你怎么知道陈井死了？你明明和大家一样只是站在门口看而已吧？"一旁的夏落突然插嘴问道。

"这话该我来问啊！"伊诺火冒三丈，冲夏落吼道。

"你什么意思？"周信修跳起来，"那种情况一般人都会觉得他已经死了吧！而且声音传出来的时候我明明就和节目组的人在一起！我怎么去杀人？"

被认定为嫌疑人可不是闹着玩的事情，周信修的辩解自然情有可原，而且他也很清楚自己的保命金牌就是那个不在场证明。

"陈制作平时骂你骂得最厉害,别以为我们不知道,上个月节目组丢了几台设备,陈制作第一个就怀疑你。要不是后来东西找了回来,恐怕你已经被送去派出所了。你为这件事怀恨在心,杀人也不是没可能啊。"说话的是长了一张好人脸的张正,不过这会儿他脸上可满是看好戏的神情。听这语气,他似乎对周信修存在某种偏见。

虽然证明一个人是否犯罪是警察的工作,但是如果适当爆一点料似乎也能争取到一个好印象。慕斯不觉得张正这种时候爆料有什么问题,只是他的动机和嘴脸实在不像他的名字那般正大光明。

"你这是造谣!"周信修气急败坏地上前揪住张正的领子,拳头已经挥舞出去。可是他和张正的体形实在相差巨大,打人不成反被推倒。

"够了!"伊诺拉下脸说,"想要打架的话可以跟我回局里打。"

在张正面前吃了亏的周信修也不服软，立刻跑到伊诺面前指着张正说："警察小姐，这家伙也不是什么好人！在外面赌钱早就欠一屁股债了。他巴结制作人还不是想从他那里借钱？我听说老陈借给他的钱前前后后加起来可不是笔小数目！就因为这个，他在节目组里给老陈做牛做马。我看他是想赖账才动了杀人的念头，一定是这样的！"

"张正，你和死者有经济纠纷？"伊诺转身问道。

张正坦白道："是跟他借钱了，白纸黑字的借据，我可没想过要赖账。只不过现在节目组搞不出什么名堂，我想跳槽，他又不让。实话跟你们说了吧，我是挺讨厌陈井的，但是杀人，我可不敢。杀人是要枪毙的，为点钱铤而走险可不值得。"

见伊诺只是盯着他没有多做反应，张正继续理直气壮地说："反正我不可能杀他！他死的时候我一直都在这里，去洗手间的时候也是老板娘带我去的，老板娘可以做证嘛！"

张正的不在场证明让他底气十足，而且因为债主的死让他的债务从此一笔勾销,这样的喜悦毫无掩饰,赤裸裸地表现在了情绪当中。慕斯对他最初的印象还挺好,现在想来真是瞎了眼。

"跟我一起工作的都是些什么人哪……"她内心升起一股知人知面不知心的悲凉。

"你去洗手间的时候没有跟老板娘分开过?"这时候夏落见缝插针来了一句。

"进去撒个尿而已,一分钟。难道这样我也能杀人?"张正的粗鄙用词让在场的女性纷纷皱眉。

"叫你不要多嘴啊!"伊诺对夏落的敌意就算瞎子都看得出来,可是不管她怎么暴跳如雷,夏落依旧按照自己的步调行事。在伊诺问话的这段时间里,她也没有乖乖坐着,而是在店里转来转去,时而看看凶器花瓶原本摆放的地方,时而在厨房四下翻找。

伊诺很想把夏落拖到面馆外让她罚站,但她没有这样的权力，同时也被上头交代不能妨碍夏落的行动，索性无视她，任由她走来走去。

"然后是你。"伊诺看向越玲玲，"你上洗手间有多久？"

"五分多钟吧……"越玲玲回答，"我听到声音，不知道外面发生了什么事情，出来的时候外面一个人都没有，就听到走廊另一边议论纷纷，我才跟上去看，我是最后一个到的……"

"这么说，她们只看到你进去，没看到你出来咯？"伊诺紧紧盯着越玲玲的脸，那侵略性的眼神看得越玲玲心慌。

"我……我……"越玲玲张着嘴却无法辩解，因为这位刑警说的是事实，"可这样也不能说我杀人啊……真不是我……真的不是……"慌了神的越玲玲说话开始带哭腔，伊诺的步步紧逼让她接近崩溃。

慕斯看不过去，扶着越玲玲的肩膀替她解围道："玲玲柔柔弱弱的，她哪杀得了人呢？"

"哼，越玲玲也不是没有杀人动机。"张正指证道，"我可是看到陈制作曾经把她压倒在桌子上呢。拿工作当要挟性骚扰新人可是他的一贯作风。"

"死者对你有过性骚扰？"伊诺和夏落同时问了出来，四只渴望得到答复的眼睛赤裸裸地盯着越玲玲，让这个胆小的女孩差一点崩溃。

"你们两个别这么问啊！"慕斯看不过去了，对着伊诺和夏落板起脸来。

"不要说了！"越玲玲终于哭了出来。

这样的事情被当众揭发，对一个女孩子来说无疑是巨大的打击。更可怕的是，这个叫张正的男人在这种时候竟然想要把所有人拉下水，他料定越玲玲不会说自己被性骚扰的事情，反而变本加厉起来。一般的女性面对职场性骚扰都选择沉默，这也助长了一些人的嚣张气焰。慕斯只觉得一阵反胃，她知道陈井是这样的人，但她不知道张正居然当着所有人的面拿这件事羞辱越玲玲。

还有周信修，他给越玲玲施加的压力显然也不小，同样是施暴者。这些人加起来便成了越玲玲内心的魔障，如果不是因为陈井被杀害而揭发出来，她要隐忍到什么时候呢？

"为什么不说？"这种劝解的话慕斯没法随口讲出来，她在娱乐圈里这么些年，所遭遇的骚扰不比越玲玲少。选择沉默确实不对，但说出口需要承担更严重的后果，哪里是光有勇气就够了的。在性骚扰这件事上，人们对受害者的羞辱远大于对施暴者的批判。

在这样的社会环境中，女人光是为了活下去就已经拼尽全力了。

越玲玲泣不成声，但真正能体会她的痛苦的，也只是在场的几名女性。诚然，从动机上来看，越玲玲杀人的可能性最大，但这不妨碍伊诺做出判断。

伊诺拍拍张正的肩膀，在这个高大的男人转过身来看她的一瞬间，她突然抡起拳头砸在张正的侧脸上，体重少说有伊诺两倍的张正居然硬生生被她打倒在地。在不生气的时候，伊诺的脸让她看起来像个理智的美人，可一旦动起手来竟一点也不含糊。

"警察打人了！警察打人了！你们都看到没有？我要告她！"被打蒙了的张正躺在地上愣了半晌，才想明白自己这是被伊诺揍了，他立即捂着脸在地上撒起泼来。

可是在场的女性没有一个人有帮他的意思。

"我可没有看到哦，明明是你自己摔倒的嘛。"伊小西笑嘻嘻地说。

"嗯，是他自己摔倒的没错。"夏落附和道。

慕斯这才发现，原来不对盘的两个人也会有意外一致的时候。伊诺那一拳真是痛快极了，这种男人不打不行。

"你们……"张正吃了哑巴亏，张着嘴巴，说不出话来。

"你少说两句吧。"导演刘远舟最后出来打圆场,"陈井死了,这个节目组算是完了,现在应该想想接下来的事情,互相揭老底有意思吗?你(指周信修),还有你(指张正),加上我在内,陈井的死我们都有责任,我们要是能劝一劝他,也不至于弄成今天这样!"

这位导演可能是所有人当中最无奈的,尽管他不是靠着陈井才有饭吃,但被卷入这样的案件当中,对他今后的导演生涯必然会有不小的影响。刘远舟已经尽量在克制自己,同时也在努力维系整个节目组。或许他自己都没有意识到,现在这个场面并不需要导演履行他的职能,但他还是调度好了各个方面,以便让调查顺利进行下去。至少这节目最后的工作,他需要所有人都按部就班,别给警察找麻烦。

刘远舟稍微平复一下情绪,向伊诺道歉:"对不起,伊警官,大家都是小老百姓,被卷入这样的事件,难免会有些失控。"

"没事。"伊诺摆摆手回道。

接着，刘远舟又对伊诺说："我不知道那个凶手是谁，但被老陈逼成这样，就说明他真的做了伤天害理的事情。"

伊诺狐疑地盯着刘远舟，问："为什么这么说？"

"陈井对我们几个，从来不当手下人看，他觉得自己是个人物，大家都应该围着他转。我以前提醒过他，做人太傲是要栽跟头的。加上他对女人的态度……也都是玩腻了就甩。说句难听的，我真觉得有一天他会遭报应，只是没想到居然会被杀……"

导演和制作人是一个节目组中关系最为亲密的两个人，刘远舟对陈井的了解应该超过其他人，从他口中听到这么一段话确实让人遗憾。不管陈井做错了什么，让他受到惩罚始终是法律和道德的事。但事已至此，只能期待警察早日将凶手绳之以法，好给死者和他的亲人一个交代。

店里的气氛在进一步僵化。这个时候，店外传来了少女吵闹的声音。

"让我进去！这里是我家，为什么不让我进去？"

"是小爱……"老板娘开口，"警察小姐，是我女儿，这会儿刚好是学校放学的时间。"

"让她进来吧。"伊诺对门口的警员吩咐道。

随后从外面走进来一个女高中生，披肩的长发，匀称的身材，脸蛋颇为可爱，很有她母亲年轻时的风采，看得出来是个懂得打扮的女孩。慕斯多看了这女孩两眼，觉得似乎在什么地方见过，她费了老大劲儿才想起来，前段时间电视上播的一个《出道808》的节目，这女孩是那个话题节目当中一位通过重重考验出道的八十八人当中的一员。慕斯这个偶像界的老前辈引以为傲的本领之一就是快速记人，虽然这技能平常并不会发挥什么大作用。该怎么说呢？有其母必有其女吧，宋芳的女儿条件不错，加上后天的努力，相信将来会比慕斯更有作为。慕斯能从这女孩身上看到曾经的自己，只希望她运气能好一点，演艺事业别走弯路，以及，别碰上陈井这样的制作人。

"妈妈,出什么事了?这些警察……"小爱环顾店内一张张陌生的面孔,脸上满是恐惧的神情。

"没事的,放心。"宋芳安慰女儿说,"你回房间收拾一下东西,先去外婆家好吗?具体的事妈妈晚点再跟你说。"

"嗯。"小爱显然不会应付这样的情况。事实上,一般碰上这种场面也很难思考,她只好听从母亲的安排走去后头。

"等等,那里是凶……"伊诺顿了顿,又改口道,"那里现在不方便进去。"

"警察小姐,我女儿房间在二楼,就让她上去一下可以吗?"

"啧。"伊诺噘起嘴,露出不愉快的表情。

"小西,你陪她上去,不要让她靠近现场。"伊诺对身边的伊小西小声吩咐道。

"好。"这好像是在游乐场即将登上旋转木马般又甜又软的语气实在不适合这会儿店内的严肃气氛,可这个仿佛会走动的吉祥物一般的女警偏偏若无其事。

她陪着小爱走到后面,接着传来少女的说话声:"警察小姐,我想去一下洗手间。"

"我陪你吧。"

"不用,我自己就可以了。"

"不行,职责所在,我陪你吧。"

"谢谢,真的不用。"

"不要嘛……"

"小西,工作时间严肃点儿!"伊诺黑着脸冲后头喊。于是慕斯又忍不住在心里嘀咕:她在你面前不严肃的时候怎么没见你发飙呢，这种事情双重标准真的好吗？

伊诺气还没全消，约莫又过了两分钟，后头传来伊小西甜甜的声音："小诺，马桶冲不出水了怎么办啊？要不要叫人来修？"

"你给我看清楚场合啊！"

伊诺这声气急败坏的喊叫随着两个人噔噔噔上楼的声音而停止。慕斯觉得伊诺和伊小西实在是很有趣的一对刑警，她们俩平日在警局里也是这样相处的吗？不工作的时候也会这样打打闹闹吗？这是她和夏落完全不会出现的关系，虽然夏落有时候言行也不靠谱，但完全趋于理性的夏落就连讲个笑话都难能可贵。像伊诺这样大喊大叫，又或者像伊小西那样笨手笨脚，这是绝对不可能发生在夏落身上的。可如果真有一天夏落这么干了，慕斯大概会惊慌失措，怀疑是外星人绑架并改造了夏落吧。

闹剧过后，伊诺重新整理自己的情绪，她对宋芳和店里的伙计阿雄说："好吧，最后就是你们两个人了。"

"我刚才已经说过一遍了,听到声音之后来到储藏室,看到……"

"之前呢?"

"之前一直在店里……哦,中间回过房间。陈制作去洗手间后,我想着离开拍还有一会儿,就回房间休息了一下,留阿雄一个人在店里看着,反正今天也不做生意了,看他除了煮面以外能不能帮上节目组什么忙。后来出了人命,我吓坏了,又回房间躺一阵儿,这里的人都可以为我做证。"

"你离开有多久?"

"她两点十五分回来的。"夏落说。

"没人问你!"伊诺不客气地回敬道。

"店里只有你们两个?你的丈夫呢?"问这话的是夏落。

"我离婚很久了……"宋芳又把自己的婚史说了一遍。

"叫你闭嘴！听见了没有！"要是警察可以随便开枪的话，恐怕夏落已经被伊诺在脑门上开个洞了。稍做冷静，她转头看着阿雄问道："你全名叫什么？"

"赵强雄。"

"有点眼熟啊……"伊诺盯着阿雄脸上的疤，若有所思地说。

"哦，我以前伤人被通缉，后来去自首，坐过牢，警察认得我也正常。"阿雄轻描淡写地叙述了一遍自己的经历。老实说，能在发生命案的当下大方地向警察坦白自己犯罪的过往也需要巨大的勇气。该夸奖阿雄这个人勇气可嘉吧？慕斯显然对此大为震惊。

"完全不是稀松平常就能承认的事情吧？这样说出来不是加重自己的嫌疑吗？"本来站在阿雄旁边的慕斯下意识地退开一

步。等等，慕斯突然又想到，伊诺也说过自己看起来眼熟，可又不是在电视上看过，不会也把什么通缉犯错认成她了吧？不带这样的啊，警察小姐！

"反正这些事情警察一查就知道，还不如直接告诉你们。我没杀人，这个人我也不认识。我一直都在店里。"阿雄耸耸肩说。

果然是蹲过大牢的人，面对刑警的盘问，态度和普通市民完全不一样啊。慕斯不负责任地想着。

"一步都没有离开？"伊诺追问道。

"老板娘叫我拿个冰袋去后面，就走开了一分钟。"

"什么时候？"

"两点过后。"

"具体点。"

"没有看时间。"

"是两点十分的事情。"夏落补充道。这一次伊诺没有吼她,而是噘着嘴记在了本子上。

至此,全部嫌疑人询问完毕。

伊诺盯着笔记,略微整理了一下思路,这个时候,夏落却突然开口:"那个……"

"干吗?别告诉我你已经知道凶手是谁了。"伊诺没好气地说。

夏落挠挠后脑勺,表情里带着几分装可爱的意图,说:"肚子饿了……"

"你!"听到这句话的伊诺表情变得十分精彩,是那种介于想抄起矿泉水桶塞进夏落嘴巴并怒吼"吃！叫你吃！"和想抄起椅子抡在夏落脑袋上并咆哮"你脑袋里只有胃酸吗！"之间的愤怒。

时间刚好是下午四点三十分，慕斯这才想起自己因为要拍节目的关系，中午的盒饭还没有吃，只是在拍摄的时候吃过几口面，之后就没动过食物了。距离案发已经过了两个小时，一想起这事，肚子马上高声抗议起来。

"那……我给大家煮碗面吧。"宋芳说。

港片里的经典台词出现了！慕斯期待又感激地想。

相比慕斯还只是在脑中勾画对宋芳的评价，另一边夏落已经开始行动，她毫不客气地点了单："我要招牌骨汤面。"

伊诺的怒吼接踵而至："现在还在办案过程中啊！"

"哎？你都问完了，尸体也抬走了，不是应该收工了吗？反正继续留下来也查不出结果。"夏落坐下来，一边等面，一边慢悠悠地说。

"你少看不起人了！我知道凶手就在这几个人当中！"伊诺不甘示弱。

"那你说凶手是谁？"

"凶手是——"伊诺的眼睛在与案件有关的八个人脸上看来看去，自己也没有答案。

慕斯和夏落完全没有作案动机，也有不在场证明。越玲玲的不在场证明虽然不完美，也有作案动机，可是她不可能从洗手间隔空杀人。刘远舟、张正、周信修还有赵强雄四个人一样，他们离开众人的视线不过几分钟，更关键的是，他们在储藏室发出声音的时候都在店里。只有老板娘宋芳没有不在场证明，可是也有解释不通的地方，因为根据描述，那个凶器花瓶是有半米高的瓷花瓶，一个身高不足一米六的女性虽然拿得动，但要举起来砸在身高超过一米八的陈井头上就不太可能了。宋芳和越玲玲的身高在一米五五到一米五八之间,那个比她们两个还矮几分的慕斯就更不可能了。

事实上,伊诺看到现场状况的时候,就已经排除凶手是女性的可能了。至于"谋杀"这个定论,是因为她看到尸体那不自然的样子。一般人站在货架前面,货架倒塌下来东西砸到身上,结果不小心被砸死,先不说这种事情发生的概率有多低,万一真的是这样,那陈井倒下的时候应该会有一部分杂物压到他身下才对。而陈井的尸体是被杂物和木架所压,身下没有任何东西。这样的情况只有一个解释,陈井先倒在地上,然后货架才压到他身上。这种不自然的状态不可能是意外,更不可能是自杀,只可能是谋杀。可凶手到底是怎么做到在那么短的时间内杀人的?还有陈井为什么会跑去储藏间呢?伊诺在他的尸体旁边发现了烟头,难道只是为了去那里抽烟?

"面来了——几位请坐下吃吧。"

在伊诺沉思的片刻,宋芳已经煮好了七碗拉面,阿雄一个托盘放好端到桌子上。七碗拉面端得四平八稳,没有一滴汤洒出来。

夏落掰开筷子，稀里哗啦地吃起来。慕斯也饿了，动起了筷子。张正、周信修还有越玲玲看起来没什么食欲，根本没有动。还有两碗，一碗放在伊诺面前，另一碗大概是为伊小西准备的，放在伊诺旁边。

骨汤面汤汁浓厚，面条纤细筋道，配上佐料，色香味俱全。伊诺虽然嘴上说还在办案，但其实早就动了心。

"凉了不好吃哦。"夏落像是看穿她心思似的笑道。

伊诺白了一眼夏落，根本不打算碰筷子，可是肚子咕噜噜的响声出卖了她。

慕斯吃了两口面，身体也跟着热乎起来。这家店的拉面确实是招牌，慕斯至今还没吃过比这更好吃的汤面。

这时候夏落却抬起头问："老板娘，你换过汤底了？"

"是的，警察小姐说中午吃的那些东西都要拿回去做化验，看看是不是下了毒什么的，所以下午我只能熬一锅新汤底。"

慕斯"噗"的一下差点喷出来——下毒和脑袋开花的死法根本扯不上关系吧？还有夏落到底什么舌头啊，换过汤底都吃得出来？

"怪胎！"伊诺继续不依不饶，抓住机会就对夏落施展语言攻击。

夏落确实是个怪胎，有着异于常人的什么味道都可以分辨的舌头，有着能看到一切细枝末节的超级敏锐的观察力，有着近乎完美推理的逻辑分析能力，而且看到死尸完全不会动容，就好像是一架会思考的机器。她那份对于谜题的执着毫不掩饰地挂在脸上，就连慕斯都打心底觉得她奇怪。可偏偏又让人感觉十分可靠，好像世界上什么异常的事件都可以依靠她的智慧解决。

在几个人正吃着面的时候，又突然传来什么东西倒地的声音，"乒吟乓啷"，接着是一声软软的哀号。这声音就算化成灰慕斯都认得,是伊小西的声音。

"小西——,楼上怎么回事?"伊诺喊。

"没事——,人家不小心摔倒了。"伊小西呜呜咽咽地回答。

"吓死我了,还以为储藏室又有什么东西倒下去了呢。"周信修说道。

"是你做贼心虚吧?明明就是头顶上的声音。我看你快自首好了,也许还能争取宽大处理。"张正咬着周信修不放。

夏落突然丢下筷子,霍地站起来,表情异常严肃,甚至严肃得可怕。她转头看向周信修、张正还有越玲玲,三个人顿时不寒而栗,那眼神简直像要把他们从里到外看穿了一般。

接着,夏落拔腿冲到后面,直接跑去案发现场,伊诺想阻止都来不及。

"夏落！你再乱来我就以破坏现场的罪名逮捕你啊！"

可夏落不管，她冲进储藏室内四下寻找，搜过木架，又查看地上的杂物。

"没有。"夏落莫名其妙地冒出一句。

"什么没有？"后脚跟上来的慕斯也被夏落这举动弄糊涂了。要不是事先知道她这室友的脾气，她还以为这个人脑子不正常呢。不是有句话说，天才和疯子只有一步之遥。

夏落没有回答慕斯这个问题，她也不管伊诺要逮捕她的威胁。她像是钓到了大鱼的渔夫那样，直勾勾地盯着她的钓竿，满心欢喜地收紧手里的渔线，那名为真相的鱼正随着她越收越紧的渔线而渐渐浮出水面。

夏落又冲到厨房，打开所有的抽屉和柜子，四下乱翻，宋芳被她这举动吓坏了。

"也没有。"夏落继续念叨着。

最后,她走到那口还在冒烟的煮着骨汤的大锅前面,一把揭开了锅盖。锅里是浓香四溢的汤水,还有一根根完整的猪大骨。除此之外并没有什么异常,拎着锅盖的夏落却露出了胜券在握的笑容。

"我知道真相了!"

她转身对着慕斯说这句话的时候,脸上的笑容,是慕斯从来没有见过的闪闪发光。

CHAPTER 08

谜底揭开了。

那些如同尘埃一般微小的细节都没有逃过夏落的眼睛。

宋芳煮的拉面，刘远舟的证词，周信修去洗手间的那个举动，张正漫不经心的那句话，越玲玲被性骚扰的经历，阿雄拿走的冰袋，陈井尸体不自然的样子，伊小西在楼上摔倒的意外，最后，还有那个没有被人发现的真正的凶器。所有的事情联结起来，就如同江河汇聚奔向大海，千丝万缕的线索系在夏落手上。把所有的线索串起之后，她轻轻一拉，漆黑的幕布应声而落，一把钥匙落在她的手心，对的钥匙插进对的锁孔，被封锁的盒子应声开启,那名为真相的隐秘事物就装在盒子里的浅色信封中。打开那个信封,凶手的名字跃然纸上——

"你说你知道真相了?"伊诺瞪大了眼睛,她甚至忘了要处罚夏落在案发现场乱翻的行为,就算上面的人知道后会给自己小鞋穿也顾不上了。

伊诺见夏落笑吟吟地看着她,发觉自己焦急地想要知道答案正中了夏落下怀,于是闹别扭地转过头去。

"反正一定是错的,你还是别讲出来让我发笑了。"

"是对是错你能分辨的,不是吗,伊刑警?首先请你让大家集合,我来讲解整个案子。我不会抢你功劳的,这都是在明察秋毫的伊刑警的指导下进行的推理。另外——慕斯!"

"哎?我?"慕斯一愣,她看到夏落脸上的笑容,觉得自己在这种时候被点到名字准没好事。

"有件事情想让你帮忙。"

之后，在伊诺的指示下，节目组的四人——刘远舟、越玲玲、张正、周信修，拉面馆的二人——宋芳和阿雄，连同伊小西和小爱，八个人坐在拉面馆的大堂里。外面的天已经黑了，华灯初上，看热闹的街坊也已经散去，是时候把这个匪夷所思的案子结了。

"人都在了。"伊诺对夏落说。

"我们这是要干什么啊？"伊小西问。

"等着看大侦探夏落出丑呗。"伊诺调侃说。

夏落并没有理会这带刺的说明，而是从口袋里拿出一根棒棒糖，剥掉包装纸塞进嘴里。

"先向大家说明一下为什么陈井是被谋杀的。"糖果的甜味在嘴里扩散，糖分开始刺激大脑转动，夏落的心情顿时好了起来。

"大家看到陈井尸体的时候,他头朝房间内卧倒,后脑血肉模糊,头旁边散落着花瓶碎片,大家都认定那花瓶是造成陈井死亡的凶器。这里有两点疑问:第一,陈井看起来是被花瓶砸死的,但是伤口却在他的后脑而不是头顶;第二,陈井如果是被倒下的货架上的花瓶砸到而倒下,那么散落在地上的东西应该有一部分压在他身下才对。但事实上并不是这样,他的尸体下面什么都没有。这说明陈井是先倒在地上,然后被东西压在身上。综合以上两点来看,这一切都是人为的'意外',陈井死于谋杀。"

这一点伊诺已经推断出来,所以并不吃惊。她靠墙站立,双手抱在胸前,偷偷观察在场的几位嫌疑人脸上的表情。

"你是说……花瓶不是凶器?"越玲玲问。

"花瓶是谁放到那里的?"刘远舟自言自语着。

"是我。"阿雄承认道。

"果然是你干的吗？一看就是一张罪犯的脸啊！"坐在阿雄旁边的周信修跳起来说。

"这种时候跳出来叫唤的不是白痴就是凶手哦。"夏落笑道。周信修只好骂咧咧地坐回去。

"你把花瓶放在货架的第几层？"

"第三层。"

"大家都看过那个货架，第三层的高度在一般成年男子的胸口位置，花瓶从那种地方掉下来怎么能砸死一米八的陈井呢？"

"如果他撒谎呢？你们没有人看到他把花瓶放到那里吧？他要是故意放很高呢？"伊诺抓到机会就紧紧咬住夏落。

"他怎么知道陈井会在那里，他又怎么确定货架倒下去能砸死陈井？"

"你也说现场是人为的,那很可能是他用花瓶杀人之后再布置成那样啊!"

"你亲自检查过尸体,有在伤口上发现花瓶碎片吗?或许你没看仔细,现在打个电话问一下法医也可以。别告诉我,你认为那花瓶真的是凶器哦。"夏落不紧不慢地说,好像一只夕阳下悠闲散步的猫咪,这一切源于她的自信。

"你!"伊诺抿着嘴,说不出反驳的话来。

这时候宋芳幽幽说道:"那个……我女儿和这事没有关系,可以让她先离开吗?"

"确实,"夏落点点头,小爱出去之后,她继续说,"她还只是个孩子,有人死在家里这种事不应该当着她的面讲。"同时她紧紧盯着宋芳的眼睛,用斩钉截铁的语气说:"更何况凶手还是她的母亲。"

夏落这句话如同炸雷一般在拉面馆里轰然落下,宋芳瞪大了双眼，脸色铁青。越玲玲难以置信地捂住嘴巴，不让尖叫从喉咙里跑出来。张正和周信修失神地看着宋芳，在此之前，他们一直认为对方才是凶手。而刘远舟却露出更加有深意的表情。

沉默了半晌，宋芳只是搓着自己的围裙辩解道："你在说什么呀？这样开玩笑可不好……"

"老板娘你真的是第一次和陈井见面吗？"

"当……当然……"

"你撒谎。"

这三个字好像利剑一样刺中宋芳心头，她的脸色更加难看。

夏落转向周信修："周信修，你记得你上洗手间之前说过什么吗？"

"这种事情谁还记得啊！"周信修不耐烦地说。

"我记得哦,你说你问过张正洗手间在哪里,你可以自己去。"夏落提醒他。

"好像是这样没错。"

夏落又问张正:"张正,你记得你去洗手间找陈井之前说过什么吗?"

"我问老板娘洗手间在哪里,然后她带我去的。"张正不假思索地回答。

接着夏落用同样的方式问越玲玲:"越玲玲你呢?你上洗手间之前说过什么?"

"我要慕斯陪我去洗手间……"越玲玲回忆道。

"你知道洗手间在哪里吗?"

"我想只要问一下老板娘就行了吧。"

"这就对了。"夏落问了一圈，最后转向老板娘，"我在去洗手间的时候问过慕斯，包括我在内的所有人应该都是第一次来这家店，所以我们都不知道洗手间怎么去。就算大概猜到在什么地方，但因为是在后面的起居空间，我们也不可能唐突地跑进去。可是有一个人根本不需要你指路，也不用征求你的意见，直接去后面上洗手间了，那人就是死者陈井！"

夏落盯着宋芳的眼神锐利无比，在她说出陈井的名字之后，明显地看到宋芳的身体开始倾斜，她快要招架不住了。

"陈井的举动对一个第一次来店里的人来说不是很不可思议吗？一个对店里环境这么熟悉的人，你们却在大家面前装作是第一次见面。这里到底有什么隐情？他上洗手间之前，你对他说的话你还记得吗？你说'如果要抽烟的话，请不要在洗手间里'。现在想来，这句话其实是你暗示他去别的房间吧？陈井为什么会死在储藏室里？看你们的手指就知道，你和你女儿都没有抽烟的习惯，洗手间里没有烟灰缸，但是大堂里有，可陈井没有回大堂拿，因为他知道储藏室里有备用的。伊诺你也看到了吧？尸体旁边有烟头，还有一个沾着烟灰的烟灰缸。"

虽然不服气，伊诺还是点了点头。

夏落继续说："陈井离开之后，宋芳也离开了，过了将近二十分钟才回来。就是在那段时间里，你杀了他！"

"不……不是我……我只是不舒服去休息了而已……而且那个人那么高，我也没办法举起花瓶杀他啊……"宋芳辩解道。

"之前已经说明过那花瓶不是凶器了，我知道你拿得动但是举不到那么高。我刚才就一直在找凶器，可是怎么也找不到。"

"找不到你还说？"伊诺不客气地说道。

"就是因为找不到，我才能断定那个是凶器啊。"夏落又微笑起来，她的表情高深莫测，看不出来她到底故弄什么玄虚。

"为什么找不到反而能确定？小西不明白呀。"伊小西从头到尾就没听懂多少，歪着头问。

"老板娘,在第一次拍摄的时候我就说过,你店里的拉面汤底是用砸碎的猪腿骨加入牛筋和萝卜泥熬出来的吧?"

"是的……"

"中午吃的那些汤底被警方带回去化验,所以你才重新做了一锅汤底来煮面是吗?"

"是的……"

"知道我为什么能吃出不同吗?"

"不知道……"

"因为我舌头比较好。"

"哎?"

"你这不是废话吗!"伊诺抓狂道。

"我吃得出来,中午和下午的面汤浓度不一样。你没有把猪骨砸碎来熬汤,锅里煮的是整根腿骨,为什么会这样?你为什么突然改变汤底的做法?那不是你们店的独门秘方吗?"

"这个……"面对夏落一连串的提问,宋芳节节败退,已经有些招架不住。

"碎骨的锤子被你藏起来了吧?"

轰隆——又似一道雷劈中宋芳。如果不是紧紧抓住桌子边沿,她恐怕已经瘫软在座位上。

"赵强雄,碎骨的锤子平时都是放在哪里的?"

面对夏落的质问,一直都很配合的阿雄这时却沉默不语。

"你不说我也猜得到,那东西平时一定都放在储藏室里。老板娘和正在储藏室抽烟的陈井起了争执,一怒之下拿起架子上的锤子杀了他,陈井伤口的位置刚好对应老板娘的身高。"

"原来是这样啊!"伊小西总算听懂了。

"等下!"伊诺依然不依不饶,想要找出夏落推理当中的漏洞,"根据你们的证词,货架倒下的时候除了你、秦慕斯还有越玲玲在洗手间之外,其他人不都是在大堂吗?你说宋芳杀了陈井,那么她怎么把货架弄倒伪装成意外?总不能解释为超能力吧?"

"这个啊……"夏落好像早就料到伊诺会有这么一出,她不紧不慢地拿出自己的手机,拨了一个号码,下一秒却听到一声女性的尖叫伴随着木架子倒下的声音从店后面传来。这声音叫得撕心裂肺,极其凄惨,让在场的所有人不寒而栗。这和陈井被杀时的情况一模一样。

"怎么回事?"伊诺吓了一跳。

"是慕斯的声音!她在储藏室出事了!"夏落慌张地跑向后面。先是发生了凶杀案,这会儿又莫名其妙有人出事,这家面馆真是风波不断。

众人随着夏落跑到储藏室，可令他们大跌眼镜的是，储藏室空荡荡的，除了散落一地的杂物和地上画的人形白线之外，什么都没有，木制货架也完好地立在墙边。

"嘿嘿嘿嘿，你们都被骗啦！"夏落开心地笑起来。

"你到底在搞什么东西！"伊诺发现自己被耍，气冲冲地揪着夏落的领子怒吼，"小西！现在就给我铐了这个家伙！"

"案件重现啊，当时这里的人都听到这个声音，接着过来发现了尸体。我们都以为人是在这时候死的，但事实上陈井死在这之前。"

夏落完全无视暴跳如雷的伊诺，当然，她也料定伊诺不会真的铐了她，就算真的铐了她，她还有一百种方法让伊诺苦着脸释放她。所以夏落不怕，继续着她的推理秀。

"宋芳杀了陈井以后，把架子上的东西搬下来放到尸体上，再把架子放倒压在尸体上。你看地上那些装酱料的瓶子，都没有一个摔碎的，很明显不是掉下来的——当然还有那只花瓶——用杀人的锤子打碎花瓶很容易吧？做完这些之后她再把后门打开故弄玄虚，想要引导我们往凶手是外来者这个方向上查。"

"别胡扯了，打碎花瓶会发出声音啊！"伊诺反驳道。

"用围裙包起来不就行了？储藏室的门关上以后，用围裙包住花瓶，锤子敲上去，只会发出'啪'的一声小小的声音哦。老板娘，你换过围裙了吧？今天拍节目前你还穿着新围裙的，可是下午陈井出事后你换了件露出线头的旧围裙。怎么回事呢？因为那件围裙上染了血对吗？"

宋芳沉默着。

"刚刚那声音是怎么搞出来的？"伊诺终于发现了问题。货架都没倒下去，那声音怎么来的？还有，尖叫的慕斯又去了哪里？

"慕斯你可以出来了。"夏落喊道。

之前上洗手间而经过走廊的人都看得到，走廊一面是进厨房的门，去洗手间往左边，去储藏室往右边。而右边除了储藏室之外，还有通往二楼的楼梯以及宋芳的卧室。

慕斯从储藏室旁边的宋芳的卧室里走出来，一副轻松的样子。

"原来是这样！"伊诺看到慕斯打开门的一瞬间明白了这场诡计的奥秘。

"当时我们都听到了架子倒下去的声音，你们还记得第一个说话的是谁吗？"夏落问。

"我记得老板娘说'储藏室那里有奇怪的声音'，然后大家就跟着过去了。"慕斯说。

夏落盯着宋芳的眼睛，后者则完全放弃抵抗，她所有的诡计已经被看穿，无力再狡辩。

这是最后一击，决定性的证据。夏落打开宋芳卧室的门，那里面和储藏室一样，乱七八糟的东西散落一地，一个木头小书架倒在地上，还有一台打开着的电暖器。

"你布置完储藏室之后，回到自己的卧室，首先把书架搬空，然后叫阿雄给你冰袋。他并没有怀疑，不，就算他看出些什么也一定不会说的，真是个忠心的伙计。"夏落这话当然并非夸奖，听在阿雄耳朵里自然不是滋味。他狠狠地攥紧拳头，却也没说半句多余的话。

夏落继续说："你从冰袋里取出冰块垫住书架，接着把书和杂物放回书架，然后若无其事回到大堂和我们在一起。那书架本来就不是很牢固，等到冰块化掉失去平衡自然倒下，你再带人去储藏室发现尸体，然后找个理由回卧室收拾妥当。"

夏落说话的时候故意看了一眼伊诺，伊诺立刻明白这是在嘲笑她之前被倒下的书架砸脸的事情，气得她牙痒痒恨不得揍夏落一顿。

"这电暖气是为了让冰块融化更快才放这里的吧。尸体发现得越早,尸检越不容易看出问题。"

"这只是你的臆测而已!决定性证据呢?不见了的凶器呢?既然你说凶器是碎骨的锤子,宋芳又没离开过这里,那她把凶器藏到哪里去了?这里里里外外我们可都搜遍了!"伊诺还是不死心,守着最后的底线不让她突破。可是,就像在禁区内面对一座空门的射手那样,夏落自信满满地提起脚,在比赛结束前一秒,射出了完美一击。

"有一个地方没有搜查过哦,马桶的水箱,伊小西不是奇怪为什么马桶突然不能放水了吗?是因为水箱里被塞了东西。"

果然,伊诺从马桶的水箱里扯出一个塑料薄膜包着的大包,里面是一条染血的围裙和一把锤子,就算不化验也知道这上头的血是谁的了。

"伊小西!你为什么没有检查水箱啊!"

"谁会想到这里面有东西啊……不是你说主要嫌疑人是节目组的那几个人吗……"

"连我也算？"慕斯这时有点想哭了。

"你做一辈子菜鸟吧！永远别升职了！啊啊啊，让夏落赢了，气死我啦！"伊诺揪着自己的头发，像是舞会上被灰姑娘抢走了王子的坏心眼姐姐，既生气又不服气，可偏偏对这样的结果无能为力。

"不要嘛……嘤嘤嘤，伊诺好凶好过分……"

"你们真的是人民的公仆吗……"慕斯抹着冷汗说。夏落是个怪人没错，但这对活宝刑警看来也不是省油的灯。

可是，比起输了推理比赛的伊诺，真正欲哭无泪的显然是宋芳。她终于没有挺住，瘫坐在地上，号啕大哭。一想起杀人所要承担的罪名，还有自己女儿的将来，悲伤就涌上心头。

"小爱,是妈妈对不起你,是妈妈糊涂啊……"

崩溃如同洪水决堤,一时半会儿大家只能听到这一阵阵撕心裂肺的哭声。在场的人表情各异,有惋惜,有不屑,也有幸灾乐祸,但没有谁会同情这个看似可怜的女人。

等宋芳终于不再哭嚎,情绪也稍微稳定一些之后,有人说:"容我问一句,你说你离婚很久也是骗人的吧?你左手的结婚戒指痕迹还在,离婚应该没超过半年。"

问这话的不是料事如神的夏落,而是伊诺。

"我和前夫是去年秋天离婚的……表面上是说性格不合,其实是我有了外遇……"

"那人是陈井?"这下连迟钝的慕斯也猜到了。

"是……"

慕斯并不吃惊，风流成性的陈井确实有这种手段，借着电视节目制作人的名头加上还算不错的外貌，用一点点花言巧语，女人就会上钩。

"我和前夫虽然关系融洽，但他是个木讷的男人，没有什么生活情趣。我从家里得到这家店本来应该交给他打理的，他觉得自己不适合走这条路，我也不想传了百来年的老店就这样关门歇业，所以自己经营起来。差不多是去年夏天，那个男人来到店里，他说自己是电视台的，正在做美食节目，想要采访这家店，我就这样认识了他。那时候我并没有上电视的打算，可是那个男人经常来店里，起先我以为他是想说服我上电视，但渐渐发现他的目标是我，后来……"

宋芳没有说下去，毕竟是件难以启齿的事。一个女人有了外遇，男人的欺骗虽然也是原因，但不管怎样，自己意志的不坚定也难辞其咎，宋芳并不想在这方面为自己辩解。

"我们偷偷来往了一段时间，女儿和前夫当然不知道。每当看到他们笑着回到家，吃我做的饭，说着一天发生的有趣的事情，我心里的罪恶感就让我喘不过气来。有一天，我实在忍不下去了，决定和那个男人分手，可是……"

"被他威胁了吗？如果分手的话，就告诉你的老公？"伊诺攥紧拳头，她最恨的就是玩弄女人的男人。

宋芳点点头，接着说："我没有办法，只好继续和他在一起。但那以后，这个男人露出了本来面目，他三番五次向我要钱，把我当成泄欲工具。"

伊诺说不出话来，但她眼中的愤怒已经猛烈到让一旁的慕斯感到灼人的地步。

"可是这事情最后还是被前夫知道了，最终离婚……"

"那你又为什么要杀他？"伊诺继续问。

"我本来以为离婚之后，一切都能结束，谁知道这个男人又找上门来……"宋芳的声音听起来疲惫不堪，似乎那些不愿回想的记忆扼住了她的咽喉。

在宋芳的回忆中,她离婚后再见到陈井时,可能已经注定了今天的结局。

那是一个阴天,宋芳因为一些生活琐事心里本来就有些烦闷,接着那个男人来到了店里。

"你还来做什么?我不想见你!"

"别这样绝情啊,我们不也相爱过吗?"

"别提这恶心的事了!"

"好吧,我需要些钱周转,这个至少帮一下吧?"

"别想再从我这里要走一分钱!我已经离婚了,也不怕你再去跟人说什么!"

"那你女儿知道你离婚的真正原因吗？"

"你什么意思？"

"真可怜，自己的妈妈是个放荡的女人，还被伤心的爸爸抛弃……你说她知道了会有多难过呢？要是事情传到她的学校里……"

"你……"

"还是说说钱的事情吧。"

回忆到此，宋芳再次泣不成声，断断续续哭了一阵，好像想要把那些不堪回首的记忆从脑海里冲刷掉。但泪水并不是洗涤伤口的良药，其中的盐分还会让人疼痛难忍。

"我最后发现还是摆脱不了这个人的纠缠，被他不断地威胁。"宋芳说，"后来突然有一天，他说想在店里做一期节目，要我准备一下。我起先不想答应，但他又拿我女儿做威胁，我真的恨他入骨,想了好多天,最后决定趁这个机会跟他摊牌,无论如何都要和他断绝关系。"

说到这里,宋芳顿了顿,重新抬起头看着伊诺和夏落,她凌乱的头发像水草一般乱糟糟地贴在脸上,让她的表情变得很难分辨,但她的眼神炙热,当中有一种说不明白的羡慕。

宋芳又继续说:"他从来就没把我当成他的谁,只是提款机和床上的玩物而已,他完全毁了我的生活。"

宋芳叙述着今天陈井带着人来店里,拍到一半的时候离开去抽烟,于是她就去找他,他当时暴跳如雷,说:"你脑子有毛病啊?我叫你装不认识我,干吗还跟我说话?"

"储藏室不会有人来的,我就讲几句。"

"快点说,我很忙的。"

"这些钱是我的全部了,都给你,以后别再来找我了。"

"这么大方啊,好吧,我也玩腻了,就这样吧。"

"呼……"

"听说你女儿当了偶像?"

"你想干什么?"

"没想干什么啊,我觉得这孩子资质挺不错的,母女两个都是美人啊。"

"你到底想干什么!"

"我认识一些圈内的朋友,就让你女儿去试一下啊,又不是什么坏事情,她要是成了明星,你到时候还要感谢我呢。"

"我不会答应的!"

"这样啊,没关系,我还有别的办法。"

还有别的办法……

还有别的办法……

还有别的办法……

回忆戛然而止，宋芳满脸愤怒，双目圆睁，像是要喷出火来，她双手紧紧揪住自己的衣裙，青筋突起，血肉发白。她张开口，喷出的不只是诅咒，还有无法平息的怨恨。

"这个畜生！他竟然把主意打到我女儿身上！我当时心里只剩下一个想法——杀了他！让他永远别想拿脏手碰我的宝贝女儿！当我回过神来，手里已经拿着那把锤子……"

最后宋芳完全崩溃，捧着脸歇斯底里地尖叫起来。她披头散发，神色憔悴，脸上毫无血色，双眼无神，根本看不出来这曾经是个美丽的女人。此时此刻在众人面前的她，是一个被绝望逼到悬崖边上的人，一个为了女儿不惜杀人的母亲。宋芳为自己的一时冲动而付出了代价，她对前夫和女儿都感到深深的愧疚，可唯独一件事情她不曾后悔,那就是杀死陈井这个恶魔一般的男人。

面汤的香味随着小火慢熬一点点散发在空气中,那曾经是让人感到幸福的美味,只是今天以后,可能再也尝不到这样美妙的味道了。

尾声

尘埃落定之后，没有人欢喜，只有忧愁围绕着这家不幸的面馆。很多人同情宋芳的遭遇，甚至还觉得她为了保护孩子这么做无可厚非。

同样的忧愁也出现在夏落身上，在她看来，这些人的观点大错特错，偏偏当这起凶案见诸报端和电视新闻时，不出意料都是这种支持凶手的声音。这个社会因为这些声音而变得病态，到最后，正义无法伸张，规则无法执行，道德彻底败坏，留下来的全是自我标榜正义之士的愚蠢暴徒。为了纠正这种错误的观念，夏落才想做点什么，更何况上天给了她一副聪明的头脑，不好好利用就是暴殄天物，哪怕再小的力量，也是种责任。

宋芳被伊诺带上警车时，尚未知道真相的小爱哭着拍打警车车窗，对她来说，母亲的这个选择是对还是错呢？让一个刚刚触及到梦想，未来的路还很长的女孩一夜之间失去母亲、失去家，同时可能和梦想失之交臂，夏落的做法是错的吗？而宋芳店里那个伙计阿雄，看着自己的老板娘被戴上手铐，眼神怅然若失，只淡淡说了一句："老板娘对我有恩。"慕斯想，像阿雄这样的刑满释放人员，面相又如此凶恶，能找个正正经经的工作实属不易。宋芳不计较他的出身，选择相信他，留他在店里做事，到底是怎样一种善良呢？偏偏这个善良的人，却残忍地将玩弄她的男人杀害。夏落揭发了她的罪行，她的做法是对的吗？

"我只是维护法律的公序公理。但我更想做的是，在悲剧发生之前就阻止它，这样不会有人受害，也不会有人付出代价。"这是夏落目送宋芳离开后说的话。

走出面馆，慕斯还是觉得自己眼前冒着金星。这一天发生的事情实在过于血腥离奇，她自始至终都无法从这份震撼当中解脱出来。

揭开事件真相后,夏落恢复到之前那种无神的状态。两人走在夜风当中,微冷的空气让她不自觉地靠近慕斯。

看着夏落,慕斯觉得她不说话的时候也有着非常可爱的侧脸。

"慕斯,你会同情那个老板娘吗?"夏落突然问。

"嗯,她真的很可怜。如果我是警察的话,一定会放过她。"

"你真的很善良。"夏落跑出两步,又转过身面对慕斯,眼里满是欣赏的神情,"如果这世上的所有人都像你一样就好了,就不会有人犯罪,大家也能生活得很快乐。"

"哎?你不是喜欢有案件发生吗?之前看你一副打了鸡血的样子……"

"没有人会喜欢看到尸体。不管自己多悲惨,付诸暴力就是大错特错，谁也无权用这样的理由夺取他人的性命。就算那个人真的十恶不赦，还是应该交给法律来制裁。我只是做我能做的事情，用我的能力来阻止犯罪。如果能早点看出端倪，今天的惨剧就不会发生……"

"还说我善良，你自己不也一样……"慕斯心想。

两人又并肩走了一段，夜风让慕斯不自觉地靠向夏落。没来由地，她问出心里一直盘踞着的疑问："夏落，你真的是侦探吗？"

"你到现在还不信啊？"夏落摇摇头，递出一张名片。

私人侦讯顾问——夏落·克·福尔摩斯

这什么乱七八糟的名片啊……慕斯看着手里这诡异的东西，满头黑线。

"肚子饿了，我们找个地方吃饭吧。"

"哎哎哎？我们不是刚吃过面吗？"

"那点东西哪里够吃啊。推理可是很费脑子的，我现在十分需要补充能量！"

夏落说着拉起慕斯的手往前跑去："我想吃烤肉大餐。"

"别擅自决定！"

"不过钱包忘在家里了，慕斯你先垫一下吧。"

"我可是明天就要待业在家的人啊！你忍心吗？"

"没工作的话就做我的助手好了，放心，我有能力养你的。"

"别说这种让人误会的话啊！"

事件结束几天后，慕斯果然接到了经纪公司的电话，助理姐姐声泪俱下地说，自己已经竭尽全力说服老板不要停止慕斯的活动,但老板觉得慕斯的经历给整个公司都带来了负面影响,还是先避避风头再说。哪怕当年组合解散慕斯也没有这么悲观过,这下她可真的只能用大哭一场来宣泄心中的委屈了。

"都是因为你!呜呜呜……"慕斯窝在贝壳街221B二楼客厅的沙发上,一把鼻涕一把泪的,哭岔了气,"我的演艺生涯结束了,不会有经纪公司要我了,也不会有艺人的工作找我了,而且房租也付不起了。"

"房租的事情好说,好说。"惠姐都被慕斯这惊天动地的哭声打动,一边安慰她,一边允诺房租可以缓缓,看来她真挺喜欢慕斯的。

而"罪魁祸首"夏落却一副事不关己的样子,埋在自己的单人沙发里,细心阅读一部关于民间传说的书籍,很难想象她这样一个理性的人会对这类书感兴趣。

"好啦好啦,你不用担心的,我雇你做助手。"夏落从书本上抬起头,推了一下鼻梁上的眼镜说道,"我保证,只要有我一口吃的，就饿不着你。"

结果慕斯哭得更厉害了："你骗人，你怎么可能剩下吃的东西！"

"你对我是不是有什么偏见？我也不是那种为了吃什么都不顾的人。"

"拿五十个小号去抽奖就为了吃一碗面的人没资格说这种话。"

夏落只好投降，她发现对情绪正在逐渐崩溃的人，尤其是女人，自己的理性并不是那么好用。不过幸亏夏落也是女人，知道慕斯的情绪应该怎么梳理引导。然而，当她正打算使出自己的撒手锏时，楼下响起了门铃声，惠姐快步走下楼，不一会儿带上来一个高中生模样的少女。

夏落和慕斯都知道她是谁，宋芳的女儿。

慕斯不哭了，她赶紧拾掇自己，免得被客人看笑话。

"是那个刑警小姐告诉你我的住址的吗？"夏落开门见山地问。

"嗯。"小爱点点头，对着夏落坐下来。

"我去给你们拿些点心来。"慕斯觉得自己这时候应该回避，于是找了个借口离开，但也没走多远，就走出客厅，然后贴在门边偷偷地听两人说什么。

"我要去我爸那里生活了，明天走。"小爱坐下来第一句话这么说。

"所以你是来跟我道别的？"夏落问，但她显然知道小爱不是为了这个前来。

"我其实很早就知道我妈和那个人渣的事，我跟踪过他们。"

夏落一点也没觉得意外，她点点头，补充了一句："你还偷了陈井的狗，作为报复。"

"你怎么知道？"

"这不难推测。关键是，我希望你没有伤害那只小动物，狗是无辜的。"

"我放到动物园门口了。"

这个答案出乎夏落的意料，她一时半会儿不知道该怎么往下接，转而说："你是个善良的孩子，你妈妈会为你骄傲的。"

"我恨你！"小爱突然提高了音量，"你怎么有脸当着我的面说这些！明明是你——"

听到这句话，慕斯赶紧冲进去打圆场："先冷静一下，大家有话好好说！"

她刚才就有种预感，怕小爱真是来寻仇的。

"我只是做我应该做的事情罢了。索性多说一句，不要小看现代刑事侦查技术,以宋芳那点布局,就算我不在场,她也只是晚一两天落网罢了。"夏落淡淡回应。

慕斯觉得这回答无异于火上浇油。她现在开始担心,如果小爱掀茶几要怎么办,多走两步还能拿到一座拿破仑的石膏半身像,那东西打人可实诚了。

但小爱骂完也没有进一步的动作,她缓缓坐回去说:"我不知道该怎么办了,我妈那么好的一个人……"

"是啊,她是个好人。"

"那你为什么还——"

"好人犯罪就不用受惩罚了?"

小爱沉默着,双手紧握,左手拇指不断搓着右手拇指的指甲盖,借此减轻内心的焦虑。过了许久,她发出低低的啜泣。

慕斯想要上前安慰，却被后面上来的惠姐撞了一下。惠姐端着茶盘从慕斯身边经过，用口型向慕斯示意："这事交给我。"

接着惠姐把茶盘放在小爱面前的茶几上，为她冲了一杯茶。漂亮的茶杯里盛着深红色的茶水，带着一点甜甜的气息，让人紧绷的神经放松。等小爱抿了一口茶后，惠姐拍着她的后背，温柔地冲她笑："要是有什么想不明白的事情，就来这里坐坐，夏落她很聪明的，什么问题都能解决。"

那一瞬间，慕斯从惠姐身上看到了母性的光辉，耀眼得让她无法直视。她感觉如果需要倾诉烦恼，与其找夏落，不如找惠姐，前者只会换来奚落，后者才能真正让人得到慰藉。

小爱走后，慕斯正收拾茶几上的茶具和点心，夏落突然问她："你觉得我是坏人吗？"

慕斯想了想回答："不是。不过要是再通点人情世故会好很多。"

"人情世故啊……我哥也这么说过我。"

"对了！你哥！"慕斯突然想起藏在内心一直很关注的一个问题，"你哥到底是何方神圣？"

夏落突然笑起来，表情像得到了新玩具的猫一般。

"你想知道吗？黄金单身汉哦，不过你应该不是他的菜。"

"我不是要问这个啦！"

"那等我心情好的时候再告诉你。"

"你好狡猾！"

侦探夏落·克·福尔摩斯，这个以福尔摩斯之名自居的少女，就这样突然闯进秦慕斯的生活，或者说，是慕斯跌进了她的生活。不管怎么样，两个女孩的相遇充满了惊险，那么她们的将来呢？想必也是无比精彩吧。

图书在版编目(CIP)数据

少女福尔摩斯.1,冰裂纹花瓶杀人事件 / 皇帝陛下的玉米著. -- 上海：上海社会科学院出版社，2019
 ISBN 978-7-5520-2767-9

Ⅰ.①少… Ⅱ.①皇… Ⅲ.①侦探小说－中国－当代 Ⅳ.① I247.5

中国版本图书馆CIP数据核字(2019)第097913号

少女福尔摩斯.1,冰裂纹花瓶杀人事件

著　　者：	皇帝陛下的玉米
责编编辑：	王　勤
封面设计：	人马设计
出版发行：	上海社会科学院出版社
	上海顺昌路622号　邮编200025
	电话总机 021-63315900　销售热线 021-53063735
	http://www.sassp.org.cn　E-mail:sassp@sass.org.cn
印　　刷：	上海盛通时代印刷有限公司印刷
开　　本：	890×1240毫米　1/32开
印　　张：	5.75
字　　数：	95千字
版　　次：	2019年7月第一版　2019年7月第一次印刷

ISBN 978-7-5520-2767-9/I・330　　　　　定价：39.80元

版权所有　翻印必究